Mary Valgus Kelly

Der Hauch des Todes

1. Auflage Februar 2006
Cover by Fabian Ziegler
©opyright by Mary Valgus Kelly

ISBN 3-937536-66-3

Alle Rechte vorbehalten. Ein Nachdruck oder eine andere Verwertung ist nur mit ausdrücklicher schriftlicher Genehmigung des Verlags gestattet. Dieses Werk ist im österreichischen Werkeregister eingetragen.
Registerzahl: 666/481

Ubooks
Hammeler Landstr. 14
86356 Neusäß
www.ubooks.de

Teil Zwei

I am the shadow with the eyes,
eyes of fire
I will fulfill you every hellish desire
Come sit on this throne,
here beside me and be mine
And we'll watch the flames get higher
and higher ...

(STEELE)

«Wir haben einen neuen Gast», teilte Thomas Ares am nächsten Abend etwas skeptisch mit.

«Wer ist es denn?», fragte Ares nur mäßig interessiert. Er vertrieb sich die Zeit damit Zeitung zu lesen und amüsierte sich über die Tölpelhaftigkeit der Menschen.

«Ich weiß es nicht, ich konnte sein Gesicht nicht sehen, aber er scheint gut mit Clarissa bekannt zu sein. Und gesprächig ist er nicht gerade, der Kerl.» Thomas steckte die Hände in die Hosentaschen und sah aus dem Fenster.

«Ist es Ihrer Schwester denn verboten, Bekanntschaften zu pflegen?», fragte Ares desinteressiert zurück.

«Nein, durchaus nicht, aber dieser Fremde hat eine ... eine Aura um sich, die sich sehr seltsam auf die Wesen um ihn herum auswirkt.»

«Na so etwas, verklagen Sie ihn», murmelte Ares und hörte Thomas schon gar nicht mehr zu.

Unterdessen ging Clarissa von Zimmer zu Zimmer und erkundigte sich nach den Wünschen ihrer Gäste in Bezug auf die Verpflegung. So klopfte sie auch an der Tür ihres neuen Gastes an. Er hatte die Suite, die sie ihm angeboten hatte, abgelehnt und ein kleines Turmzimmer mit wenig Einrichtung, aber herrlichem Ausblick auf die umliegenden Wälder vorgezogen. Sie klopfte an, und er öffnete. Er hatte seinen schwarzen Samtumhang abgelegt und stand nun in schwarzen Jeans und Samtshirt der gleichen Farbe vor ihr. Clarissa stellte ihre übliche Frage und er sah sie etwas befremdet an.

«Danke, aber ich werde mich selbst darum kümmern. Draußen.»

«Aber ...»

«Ich weiß, keine Menschen aus Rissa. Mir sind deine Regeln bekannt. Keine Angst.» Er schenkte ihr ein kurzes Lächeln und schloss die Tür. Clarissa schüttelte verwundert den Kopf und setzte ihren Weg fort.

Ares saß noch immer in der Halle, in seine Zeitung vertieft, Thomas schweigsam neben ihm. Ein Bote kam und verlangte nach der Herrin des Hauses. Ares machte ihm mit wenigen Worten und viel Hypnose klar, er könne seine Informationen auch ihm mitteilen, und erfuhr so, dass weitere drei Leichen zu beklagen waren. Er schickte den Boten weg und betrachtete Thomas nachdenklich.

«Was ist?» Thomas fühlte sich unter seinem Blick unwohl.

«Welches Ihrer Mädchen haben Sie lieber?», fragte Ares.

«Keines, mir sind beide ans Herz gewachsen.»

«Ha, als ob einer von uns ein Herz hätte, das auch nur irgendeine Funktion erfüllt!», rief Ares spöttisch aus. «Entscheiden Sie sich!», drängte er Thomas.

«Weshalb? Was haben Sie denn vor?», wollte dieser wissen. Ares überlegte einen Moment, ob es klug war Thomas seinen Plan mitzuteilen, und entschied sich schließlich dafür.

«Ich möchte diesen verrückten Vampir in die Falle tappen sehen. Dazu brauche ich aber Ihre Hilfe ... oder vielmehr die von einem Ihrer Mädchen», erklärte Ares freundlich. Thomas wich etwas zurück, langsam schien es ihm zu dämmern, was Ares vorhatte.

«Vergessen Sie das sofort wieder! Ich soll Britta oder Anna für so eine Nichtigkeit opfern?»

«Es geht um das Wohl Ihrer Schwester. Ist Ihnen die Familie denn nicht wichtiger als zwei dürre Bauernhühner?» Ares blieb freundlich, jedoch verbindlich.

«Die Mädchen gehören jetzt zu meiner Familie! Ich würde sie um nichts in der Welt hergeben! Nehmen Sie doch Ihre eigenen Gefährtinnen!»

«Oh, Sie Simpel!» Ares verzog gestresst das Gesicht und legte die Hand über die Augen. «Was soll ein hungriger Vampir mit einer Vampirin? Sie wird ihn möglicherweise anlocken, wenn er bereits jemanden ausgesaugt hat, aber doch nicht davor!», rief er und Thomas sah ihn beschämt an. Daran hätte er selbst auch denken können.

«Ich gebe trotzdem keine der beiden frei.» Seine Stimme nahm einen trotzigen Unterton an.

«Bitte!» Ares hob die Hände. «Tun Sie, was Sie für richtig halten, aber ich verspreche Ihnen, wenn Sie hinaus in die

Dörfer gehen und mit dem Finger schnippen, haben Sie sofort zehn Bauerndirnen an Ihrer Seite, die zehnmal aufregender sind als Ihre zwei verschreckten Küken!» Ares ging die Treppe hinauf, um sich in seine Suite zurückzuziehen.

«Warten Sie!», rief ihm Thomas etwas wankelmütig nach. Ares blieb stehen und sah ihn fragend an. «Nein ...», Thomas schüttelte den Kopf, «vergessen Sie es, ich bleibe bei meinem Entschluss.» Ares sah ihn noch einen Augenblick ernst an, wandte sich dann um und verschwand im oberen Stockwerk.

^^V^^

In einem kleinen Kämmerchen, nicht weit entfernt von dem Turmstübchen, trafen sich Wilson und Anna, um ein wenig Zeit miteinander zu verbringen, was beiden dringend erschien und sehr am Herzen lag.

«Du siehst wunderschön aus!», stellte Wilson fest, als Anna scheu in einem zartgelben Kleid die Kammer betrat. Er hatte sich schon so sehr nach ihr gesehnt. Sie lächelte verlegen, schloss die Tür hinter sich und stand unentschlossen im Zimmer herum.

«Setz dich doch zu mir!», forderte sie Wilson auf und sie ließ sich das nicht zweimal sagen. Er hatte einen starken Eindruck auf sie gemacht und sie fühlte sich von ihm durchaus angezogen.

«Ich sollte jetzt eigentlich nicht hier sein», meinte sie und kicherte leise. Wilson nahm ihre Hände und streichelte sie zärtlich.

«Und wo solltest du sein?», erkundigte er sich. Sie legte den Kopf etwas schief und schloss die Augen.

«Ich sollte bei Thomas sein, aber der hat ja ohnehin gerade keine Zeit.»

«Was tut er denn?»

«Er unterhält sich mit dem Baron.» Sie öffnete die Augen wieder und sah Wilson verliebt an.

«Was hast du eigentlich mit Thomas zu tun? Ist er dein Mann?», fragte Wilson.

«Nein.» Sie konnte ihm unmöglich die Wahrheit sagen.

«Dein Verlobter?»

«Nein.» Sie überlegte blitzschnell und fand eine Ausrede. «Er ist ... mein Stiefbruder.»

«Und das dunkelhaarige Mädchen ist dann bestimmt seine Frau!», spann Wilson ihre Lüge in seiner Unwissenheit weiter.

«Ja», bestätigte Anna eilig und entzog ihm eine ihrer Hände. Verlegen über die so plötzlich entstandene Stille begann sie ihre blonden Locken um den Finger zu wickeln und wagte es, nur einen flüchtigen Seitenblick auf Wilson zu werfen.

«Das ist aber ein spaßiger Zufall», meinte er nichts ahnend. «Sie sieht dir so ähnlich.»

«Ja?», fragte Anna beiläufig; ihr war das Thema verständlicherweise unangenehm.

«Vielleicht habe ich mich aber auch geirrt», überlegte Wilson dann. «Ich sehe doch in jeder Frau nur dich, meine bezaubernde Anna.» Er drehte ihr Gesicht zu sich, damit sie ihn ansah. Sie lächelte, und in ihrem Lächeln fand sich nicht nur Freude über dieses Kompliment, sondern auch Traurigkeit über ihre aussichtslose Lage. Sie war eine Gefangene. Und nicht nur das, sie war auch noch die Hure eines seltsamen Kerls, der die Sonne nicht leiden konnte. Ohne es zu wollen, begann sie zu weinen. Wilson sah sie erschrocken an.

«Aber Sonnenschein, was ist denn?», erkundigte er sich besorgt und zog sie an sich heran, um sie zu trösten.

«Nichts», schluchzte Anna, «ich muss jetzt gehen.» Sie stand rasch auf, Wilson mit ihr.

«Warte! Und bitte weine nicht mehr!» Er sah sie beschwörend an. Sie nickte und versuchte sich zu beruhigen. Es gelang ihr sogar, und Wilson lächelte sie an. «Na siehst du.» Er kam ganz nah zu ihr. «Versprichst du mir, dass wir uns wieder hier treffen? Bei Tag? Morgen um ein Uhr mittags?», schlug Wilson vor. Anna nickte. «Ja, ich verspreche es.»

«Gut.» Er war beruhigt. «Schließ die Augen!» Sie tat, wie er ihr geheißen hatte. Langsam näherte er sich ihrem Gesicht und küsste sie sanft und zärtlich. Sie sah ihn an, verlegen und glücklich.

«Danke», flüsterte sie und huschte zur Tür hinaus auf den Gang. Sie schloss die Tür und lehnte sich dagegen, nun konnte sie ihre Tränen nicht mehr zurückhalten. Sie rannen ihre Wangen hinab und versickerten im zarten Stoff ihres Kleides, begleitet von einem heftigen Schluchzen, das ihren ganzen Körper schüttelte. Eduard durfte sie nicht hören und schon gar nicht sehen. Sie lief die Treppe hinunter, um aus dem Turmgeschoss in ihr Zimmer zu gelangen, wo sie auf Ruhe hoffte. Sie hatte allerdings nicht bemerkt, dass sie der neue Gast durch Zufall gesehen hatte. Anna lief schnell und betete, dass Thomas noch mit dem Baron beschäftigt war. Dass Ares bereits in seiner Suite war und sich Thomas sein Angebot bei einem kurzen Spaziergang durch den Kopf gehen ließ, konnte sie nicht wissen. Sie stürzte in das Zimmer und als sie sich sicher war, dass sich außer Britta niemand im Raum befand, ließ sie sich aufs Bett fallen und ihrer Traurigkeit und ihren Tränen freien Lauf. Britta kümmerte sich liebevoll um ihre Schwester und schaffte es sogar, sie zu trösten und dazu zu bringen, ihr ihren Kummer zu erzählen.

«Er hat mich gebeten, mich wieder mit ihm zu treffen», schloss sie schließlich ihre Erzählung und putzte sich die Nase.

«Oh, das ist aufregend!», freute sich Britta. «Und? Wirst du es tun?» Anna hob die Schultern.

«Ich möchte schon, aber um ihn wiederzusehen, muss ich mich hier rausschleichen, wenn Thomas schläft.»

«Oh, das wird schwierig werden», gab Britta zu.

In Annas Blick zeigte sich wieder Hoffnung.

«Britta, es gibt eine Möglichkeit!» Ihre Augen leuchteten vor Erwartung. In diesem Moment kehrte Thomas von seinem Spaziergang zurück und als er hörte, dass sich die Mädchen unterhielten, blieb er leise vor der Tür der Suite stehen und versuchte etwas von ihrem Gespräch zu verstehen.

«Und welche meinst du?», fragte Britta neugierig.

«Du musst ihn ablenken und dafür sorgen, dass er es nicht merkt, wenn ich verschwinde!» Einen Moment war es still; Britta schien von der Idee ihrer Schwester nicht gerade begeistert zu sein. «Bitte Britta, tu mir den Gefallen, ich liebe Eduard so sehr!», beschwor Anna ihre Schwester. Thomas, auf der anderen Seite der Tür, hob zuerst überrascht die Augenbrauen, dann zog er sie zornig zusammen, machte auf dem Absatz kehrt und klopfte an die Tür von Ares' Suite. Ares, der sich die Zeit gerade mit Breda, Stacey und Lydia vertreiben wollte, aber feststellen musste, dass sie ihn heute absolut nicht reizten, öffnete verstimmt und unfreundlich.

«Ich hab's mir überlegt, Sie können Anna haben. Nehmen Sie sie und tun Sie mit ihr, was sie wollen», erklärte Thomas kühl. Ares' Gesicht hellte sich auf. Der Jäger in ihm war erwacht und freute sich auf eine reizvolle, ertragreiche Jagd.

«Weshalb die plötzliche Wandlung?», wollte er wissen.

«Das ist nicht wichtig. Sie gehört nun Ihnen, nur das zählt. Wollen Sie sie gleich haben?» Ares' Gedanken begannen zu rotieren. In dieser Burg ging etwas vor sich, von dem er nichts wusste, aber er würde schon noch herausfinden, um was es sich handelte. Seinem sechsten Sinn entging nichts, dachte er jedenfalls.

«Nein, behalten Sie sie erst einmal, sonst schöpft sie noch Verdacht.»

«Ich will sie aber nicht mehr sehen!», begehrte Thomas auf.

«Dann sehen Sie nicht hin», meinte Ares lapidar und schlug Thomas die Tür vor der Nase zu.

^^V^^

Sie trafen einander, wie schon so oft, in der Halle. Clarissa hatte die Stellung des seltsamen Vampirs völlig in die Hände der Männer gelegt. Sie hatte genug damit zu tun, Bürgermeisterin zu spielen, die Hinterbliebenen der bedauerlichen Opfer zu beruhigen und sich um sie zu kümmern. Wilson hatte sich unter dem Vorwand, an starkem Fieber zu leiden, aus der Affäre gezogen. So konnte er sich ungestört mit Anna treffen und musste sich nicht an der Jagd auf seinen Vater beteiligen. Aber er wurde weder von Ares noch von Thomas vermisst, er war ja nur ein Mensch und als solcher nicht wichtig. Trotzdem hatte es Ares nicht versäumt sich ein Foto von Wilsons totem Vater geben zu lassen; damit würde es leichter sein, den Feind zu erkennen. Man konnte nie wissen, was alles auf einen zukam. Die beiden Männer berieten sich und schließlich ging Thomas um Anna zu holen, was ihm nur schwer gelang, da auch sie behauptete, an Fieber zu leiden und schlafen zu müssen. Den ganzen Weg bis in die Halle wehrte sie sich und versuchte Thomas wegzulaufen, doch er schaffte es schließlich, sie bis zu Ares zu zerren. Ares versuchte einige Male sie ruhig anzusprechen, doch als sie nicht aufhörte sich wie eine Wilde zu gebärden, gab er ihr eine Ohrfeige, nahm sie mit festem Griff am Unterkiefer und zwang sie, ihn anzusehen.

«Hör zu, wir machen jetzt einen kleinen Spaziergang, um dir den Glanz des Mondes zu zeigen. Wenn du jetzt noch einen Mucks machst, kannst du dich für immer von dieser Welt verabschieden.» Er klang drohend, und das Gesagte war durchaus ernst zu nehmen. «Hast du das verstanden, Blondie?», zischte ihr Ares zu, und Anna beschränkte sich darauf, stumm zu nicken. Sein Griff war fest wie ein Schraubstock und tat ihr bereits weh. Sie hielt es für besser, sich zu fügen. Was konnte ihr denn schon geschehen? Hätte sie es gewusst, hätte sie sich mit Händen und Füßen gewehrt, die beiden Vampire zu begleiten.

Ares und Thomas nahmen Anna in ihre Mitte und spazierten, scheinbar arglos plaudernd, in den nächtlichen Wald hinein. Ares sprach vom Mond, redete mit Anna liebevoll, als wäre sie seine Tochter, scherzte mit Thomas und fühlte sich völlig in seinem Element. Als plötzlich eine zottige, verwahrloste Gestalt auf Anna zusprang und sie zu Boden riss, hielt sie Ares noch mit festem Griff. Im nächsten Augenblick fand er sich in unterlegener Position gegenüber der seltsamen Gestalt wieder. Einige Sekunden hatte er Gelegenheit, den Vampir zu betrachten, und er musste zugeben, dieses Wesen war wirklich unglaublich abstoßend. Die Haare waren verfilzt und struppig, in klarer Harmonie mit dem schmutzigen, vernarbten Gesicht, den wilden, hellen Augen und dem ungepflegten Bart. Ares reagierte den Bruchteil einer Sekunde früher als der Vampir, der zweifellos Eduard Wilsons Vater, Kallustus, war, und versetzte ihm blitzschnell und wuchtig einen rechten Haken. Kallustus taumelte einen Moment etwas benommen zurück, den Ares nutzte um sich wieder aufzurichten. Doch der alte

Wilson fiel nach vorne, genau auf Anna, an deren Hals er sich schnell zurechtfand und zu beißen anfing. Ares trat Kallustus in die Seite, worauf dieser zu brüllen begann, dass es nur so durch den stillen Wald hallte. Kallustus ließ von Anna ab und richtete seine Aufmerksamkeit auf Ares. Blut rann ihm vom Kinn und sein Gesicht verzog sich zu einer hässlichen Fratze, noch hässlicher als zuvor, als er versucht hatte zu grinsen. Ares sah sich suchend nach Thomas um, konnte ihn aber nirgendwo entdecken. «Feiger Kerl!», dachte er und machte sich auf einen mehr oder weniger fairen Zweikampf gefasst. Kallustus war immerhin gut eineinhalb Köpfe größer als er. Ares' Vorteil bestand in seiner Erfahrung: In seinem Leben als Vampir hatte er schon einige Kämpfe ausgefochten, außerdem konnte er es nicht leiden, wenn unnötig Zeit verschwendet wurde. Er entschloss sich zu einem schnellen Angriff und sprang auf Kallustus zu. Er hatte vor, ihn zu Boden zu reißen und dort auf irgendeine Weise bewusstlos zu schlagen – wie, würde er sich noch überlegen. Doch dazu kam es nicht. Noch während sich Ares der plumpen Angriffe seines Gegenübers erwehrte und sich selbst verfluchte, weil er keinen Knoblauch mitgenommen hatte, betraten vier weitere Vampire den Schauplatz. Nach einem flüchtigen Blick stellte Ares fest, dass keiner von ihnen vorteilhafter aussah als Kallustus, den er gerade mit Faustschlägen bearbeitete. Ares rechnete sich seine Chancen aus, diesen Kampf lebend zu überstehen, und kam zu dem Schluss, dass es eine nicht unbedingt vorteilhafte Lage war, in der er sich gerade befand. Wenn sie es schafften, ihn bewusstlos zu prügeln und an einen Baum zu fesseln, war er geliefert. Die Sonne würde am Morgen dafür sorgen, dass nur noch ein Häufchen Staub von ihm übrig blieb. Doch Ares wollte noch nicht sterben. Und als die vier Neuankömmlinge über ihn herfielen, schwor er sich, unter keinen Umständen aufzugeben. Das war allerdings leichter gedacht, als getan. Er spürte, dass seine Beine allmählich schwach wurden; sobald er am Boden lag, würde es vorbei sein – so viel war klar. Er fühlte die Fäuste, die auf ihn einschlugen, die Tritte, die Stöße. Unter dieser großen Belastung merkte er, wie sein

Körper zu schmerzen anfing. So schnell konnte er sich nicht regenerieren. Plötzlich wurden zwei der Angreifer von Ares weggerissen und gegen einen Baum geschleudert. Eine Hand griff nach ihm und zog ihn wieder auf die Beine. Eine schlanke, in einen schwarzen Samtumhang gehüllte Gestalt war an seine Seite getreten und bereit, den Kampf gegen die widerlichen Vampire mit zu bestreiten. Sie kämpften beide gegen die finsteren Gestalten, einander den Rücken zugewandt und sich so von einer Seite gegenseitig deckend. Der Unbekannte verteidigte sich schnell und gewandt, und es schien, als täte er keinen Handgriff, der überflüssig war. Er schlug die Angreifer nicht aus Aggression heraus, um sich abzureagieren, sondern versetzte ihnen nur die nötigen Hiebe, um sie sich vom Leib zu halten. Der Kampf dauerte lange, doch schließlich schafften es Ares und der Unbekannte, alle Vampire außer Gefecht zu setzen. Und das war beträchtlich schwieriger als bei normalen Menschen, da sie Wesen der Nacht und des Bösen waren. Ares hielt sich keuchend die Seiten, sein Kopf schmerzte und seine Hände bluteten. Er hob den Kopf und blickte in Richtung seines unbekannten Helfers. Die Gestalt hatte ihm den Rücken zugekehrt und noch immer die Kapuze schützend über den Kopf gestülpt.

«Ich kenne dich zwar nicht, aber ich danke dir!», sagte Ares erleichtert und erwartete, dass sich der Mann mit dem dunklen Umhang ihm zuwenden würde, aber dieser tat nichts dergleichen; er stand einfach nur still da und schien ein wenig unentschlossen zu sein. Ares ging um ihn herum. Er wollte sehen, wer ihm das Leben gerettet hatte, konnte aber durch den Schatten der Kapuze dessen Gesicht nicht erkennen. Als er noch näher an ihn herantrat, wandte die Gestalt schnell den Kopf von ihm ab. Dennoch erkannte Ares ihn. «Domenico ...», flüsterte er fassungslos und konnte seinen Blick nicht von seinem verlorengegangenen Gefährten wenden. Domenico drehte den Kopf und sah seinem Schöpfer geradewegs in die Augen. Die intensive Augenfarbe Domenicos irritierte Ares und nahm ihn gefangen, genauso wie damals, als er sie zum ersten Mal gesehen hatte. Domenicos Gesicht blutete, ebenso wie die Knöchel seiner feingliedrigen Finger, was Ares aber nicht sehen konnte. Ares wollte Domenico umarmen, ihn an sich drücken und ihm sagen, wie sehr er ihn vermisst hatte, aber nichts davon geschah. Sie standen einander gegenüber und sahen sich nur schweigend an. Und während sie wieder zu Atem kamen und ihre Wunden langsam zu heilen begannen, freuten sie sich über dieses Wiedersehen, jeder für sich, im Stillen und auf seine eigene Art und Weise.

«Weshalb bist du hier?», fragte Ares schließlich.

«Die Heimat zieht jeden von uns an», antwortete Domenico, und es tat Ares gut, seine erwachsene, besondere Stimme zu hören.

«Ich ... ich hätte nicht gedacht, dass ich dich wiedersehe», gab Ares zu, und Domenico fragte sich, weshalb er diese Phrase so oft zu hören bekam.

«Ich hätte nicht gehen sollen, ohne es dir zu sagen. Aber hättest du mich fort gelassen?», erkundigte sich Domenico.

Ares hob die Schultern.

«Ich kann nicht über dich bestimmen.» Domenico erwiderte nichts.

«Ich gehe zurück zur Burg», meinte er nach einer Weile.

«Was, du wohnst auch auf der Burg?» Ares war überrascht. Domenico nickte kurz, wandte sich ab und entfernte sich langsamen Schrittes, gefolgt von einer schwarzen Wölfin, die ihm nicht von der Seite zu weichen schien. Während des Kampfes hatte sich das Tier jedoch abseits gehalten. Domenico hatte es so gewollt.

«Warte!» Ares lief ihm nach. «Hey, sag mal, hast du gewusst, dass ich bei Clarissa wohne?»

«Ich habe es gespürt.»

«Weshalb bist du mir nicht eher begegnet?»

«Ich wollte dich nicht belästigen.» Belästigen? Ares verstand kein Wort. Als hätte er die Gesellschaft seines Gefährten jemals als Last empfunden! Doch dann dämmerte ihm, was Domenico andeuten wollte.

«Du wolltest mich nicht sehen!», stellte er empört fest. Domenico antwortete nicht. Er ging nur weiter, den Blick auf den

Weg vor sich gerichtet. «Was ist mit uns passiert?», fragte Ares traurig.

«Nichts Ares, es ist nichts passiert.» Domenicos Stimme war ruhig und gefestigt.

«Aber früher war es anders.»

«Nein, auch nicht.»

«Das denke ich schon», widersprach Ares und brachte Domenico wieder dazu zu schweigen. Sie kamen von Stille umgeben bei der Burg an und keiner bemerkte sie. Als Domenico sich von Ares trennte, um eine Etage höher in sein Turmzimmer zu gehen, war es Ares, als hätte er ihn schon wieder verloren. Doch plötzlich blieb Domenico mitten auf der Treppe stehen und sah auf Ares zurück. Ein stiller, auffordernder Blick. Als Domenico sein Zimmer betreten hatte, wollte ihm Ares nachgehen, blieb aber in der Tür zögernd stehen.

«Weshalb?», wollte er unsicher wissen.

«Irgendwie müssen wir doch mit der Tatsache umgehen, dass wir einander wieder getroffen haben», war Domenicos Erklärung. Ares betrat den Raum. Er war bescheiden eingerichtet, wirkte aber sehr gemütlich. Stella, die Wölfin, legte sich zu Domenicos Füßen, der sich am Ende des Bettes niedergelassen hatte.

«Du bist mir also aus dem Weg gegangen ...», nahm Ares das Gespräch wieder auf.

«Ich habe gewusst, dass es nicht einfach werden würde – für keinen von uns.» Domenico betrachtete seine Hände, die noch immer blutverkrustet waren, aber bereits heilten.

Ares nickte.

«Weißt du von ihnen?» Er spielte mit dieser Frage auf Lydia, Breda und Stacey an.

«Natürlich, sie sind nicht zu übersehen.»

«Bitte versteh mich, ich ...», versuchte Ares sich zu verteidigen, doch Domenicos Blick brachte ihn zum stocken.

«Ich muss dich nicht verstehen, du bist mit keine Rechenschaft schuldig», erinnerte er ihn.

«Ich glaube doch.» Diesmal war es Ares, der auf seine Hände hinabsah.

«Nein.» Domenico stand auf. Ares verstand nicht, weshalb er ihn von jeglicher Schuld entband. Waren sie nicht nach wie vor füreinander verantwortlich? Waren sie es überhaupt jemals gewesen? «Was hast du eigentlich getan in letzter Zeit?», fragte Ares schließlich.

«Ich habe jemanden gesucht, aber nach all den Jahren habe ich es schließlich aufgegeben. Ich werde die Person wohl niemals wiedersehen.»

«War diese Sache denn so wichtig?» Ares sah wieder auf, gespannt auf Domenicos Antwort.

«Ja, sie war es einmal.» Er sah auf den zierlichen Silberring auf seinem Finger und strich verträumt darüber. Ares bemerkte seinen Blick, stand auf und kam näher.

«Was ist das für ein Ring?», fragte er neugierig.

«Ein silberner», antwortete Domenico nichts sagend.

«Das sehe ich auch. Woher hast du ihn?», bohrte Ares nach.

«Ich habe ihn gefunden.» Domenico musste nicht einmal lügen, denn er hatte den Ring schließlich auf dem Grab gefunden. Dass er vorher mit Michelle dort gelegen hatte, brauchte Ares nicht zu wissen.

«Ringe findet man nicht einfach!», rief Ares, der merkte, dass ihm Domenico etwas verschwieg. «Und schon gar nicht du! Als ob dir jemals etwas an irdischem Tand gelegen hätte! Nicht einmal als Mensch hast du dich für so etwas interessiert!»

«Was geht dich das an? Solche Dinge haben für dich doch ohnehin keine Bedeutung!», wehrte sich Domenico.

«Für dich etwa?», griff Ares die Phrase auf. Domenico hielt sich zurück und antwortete nicht. Wie einfach war es gewesen, nur mit der Erinnerung an Ares zu leben. Und doch, etwas hatte ihm gefehlt, aber er hatte es nicht geschafft zu ergründen, was es war.

«Und was ist das für ein räudiger Wolf?», wechselte Ares das Thema. Er wollte Domenico nicht schon am ersten Tag ihres Wiedersehens verstimmen und ging deshalb nicht weiter auf den Ring ein.

«Du siehst nur eine Wölfin, aber es handelt sich um ein Mädchen», erklärte Domenico wieder ruhig wie eh und je.

«Was, du meinst das ist ein Werwolf?», fragte Ares ungläubig und zeigte auf Stella.

«Ja.»

«Du duldest ein so verachtenswertes Wesen in deiner Nähe?» Ares verstand Domenicos Gründe nicht. Domenico blickte freundlich in Stellas gelbe Augen, ein kaum merkbares Lächeln lag auf seinen Lippen. Dann sah er wieder mit ernstem Gesicht zu Ares.

«Sind wir nicht alle verachtenswert?»

«Nein», antwortete Ares mit klarer Stimme, «du bist es nicht.» Domenico sah an Ares vorbei.

«Ich bin es auch. Genauso verflucht wie du und Stella, wie jedes nicht menschliche, dunkle Wesen auf dieser Erde.»

«Du hast dich wirklich nicht verändert», stellte Ares flüsternd fest, und sein Blick hing an dem strahlendem Türkis von Domenicos Augen.

«Ich glaube, dass wir uns alle verändert haben und dennoch dieselben geblieben sind», sinnierte er.

«Tut mir Leid, aber ich kann dir nicht folgen», gestand Ares.

«Es ist auch nicht wichtig gewesen.»

«Aber ...» Ares wollte ihm widersprechen, doch Domenico schüttelte nur stumm den Kopf. Lass es sein Ares, bedeutete diese Geste, und Ares ließ es sein. Er stand neben Domenico, der einen Schritt zur Seite getreten war, und betrachtete die zottige Wölfin mit den leuchtend gelben Augen und dem treuen Blick. Aus diesem Raubtier wurde gelegentlich ein Mädchen? Ares hatte zwar schon davon gehört, dass es solche Wesen gab, aber nur zu gerne hätte er einer derartigen Verwandlung einmal selbst beigewohnt. «Diese Wölfin ist in Wirklichkeit ein Mädchen?», fragte er schließlich Domenico. Dieser wandte sich ihm zu und nickte.

«Ja», sein Blick glitt auf das Tier, «sogar ein sehr hübsches. Stella hat lange Haare, gelockt und glänzend.»

«Welche Farbe?»

«Weiß.»

«Weiß?» Domenico sah Ares an. Einen Moment glaubte Ares in seinen Augen Belustigung gesehen zu haben, war sich aber im nächsten Augenblick sicher, dass er sich getäuscht hatte.

«Hast du noch nie einen Werwolf gesehen?», fragte Domenico.
«Nein, nicht wirklich.»
«Sie haben alle weiße Haare, wenn sie menschliche Gestalt annehmen. Und ihre Zähne können sie auch nicht verbergen», erklärte Domenico und es hörte sich an, als würde er eine Geschichte erzählen.
«Klingt ein bisschen nach uns», meinte Ares. «Was ist mit den Augen?», wollte er wissen.
«Stella hatte schon immer gelbe Augen, daher kommt auch ihr Name. Sie leuchten im Dunkeln wie Sterne.» Domenico strich der Wölfin über den Kopf und sie fing leise zu winseln an – aus Wehmut, wie Ares vermutete. Domenico wirkte müde, was Ares nicht überraschte, denn er selbst fühlte sich auch ziemlich geschlaucht.
«Ich werde ins Bett gehen.» Ares ging zur Tür.
«Angenehme Ruhe!», wünschte ihm Domenico. Ares lächelte. Weshalb hatte er nicht «Ruhe in Frieden» gesagt? Es hätte besser zu ihrer Situation gepasst. Er schloss die Tür und wollte in seine Suite gehen, da fiel ihm ein, dass er Domenico noch mitteilen sollte, weshalb sich drei Menschen auf der Burg befanden. Er ging zurück und als er Domenicos Zimmer betrat, lag dieser erschöpft auf dem Bett, Stella neben ihm am Boden. Beide schienen in einen tiefen, erholsamen Schlaf gefallen zu sein. Brennende Kerzen sorgten für ein gemütliches Ambiente, verbreiteten angenehme Wärme und goldenes Licht. Ares betrachtete Domenico und er bedauerte die blutverkrusteten Stellen auf dem hübschen Gesicht. Domenico hatte wohl vergessen, dass er einen Kampf ausgetragen und gewonnen hatte. Vielleicht waren ihm aber auch nur die Verletzungen, die er davongetragen hatte, nicht bewusst, sonst hätte er längst zumindest nach seinem Taschentuch gegriffen, um sich des Blutes auf seinem Gesicht zu entledigen. Doch Ares berührten diese Wunden. Domenico hatte sie sich seinetwegen geholt, niemand hatte ihn aufgefordert oder gar gezwungen Ares zu helfen: Er hatte es ohne zu überlegen und aus freien Stücken getan. Ares holte warmes Wasser und ein sauberes Tuch und fing an, Domenicos Gesicht vorsichtig von dem dunkelroten

Schleier zu befreien. Stella öffnete die Augen, hob den Kopf und knurrte leise und drohend.

«Keine Angst», versicherte Ares leise, «er liegt mir mindestens so sehr am Herzen wie dir.» Ares bemerkte, dass diese Aussage mehr ein Geständnis an sich selbst als an die Wölfin war, und er war froh, dass es Stella niemandem verraten konnte. Domenicos Gesicht war wieder sauber, seine Haut zart und weiß wie immer, beinahe unversehrt. Einige Stellen bluteten noch leicht, aber Ares sorgte sich nicht deswegen. Bis morgen Abend würden sie sich längst geschlossen haben. Nichts würde mehr darauf hinweisen, dass ein Kampf stattgefunden hatte. Ares hörte, wie sich die Tür öffnete, und fuhr erschrocken herum. Breda steckte neugierig den Kopf ins Zimmer. Ares trat schnell in ihr Blickfeld, sodass sie Domenico nicht sehen konnte. Den Anblick seines gefallenen Engels im Schlaf hätte er ihr nicht vergönnt. Er stieß sie grob auf den Gang zurück und schloss die Tür hinter sich.

«Was tust du hier?», herrschte er sie an, und trotzdem war seine Stimme gedämpft. Er wollte Domenico unter keinen Umständen wecken.

«Ich habe dich vorher mit jemandem sprechen hören und wollte nachsehen, was ihr beiden so tut», erklärte Breda.

«Das geht dich einen feuchten Dreck an! Halte dich aus meinen Angelegenheiten heraus!», wies Ares sie zurecht.

«Normalerweise gehöre ich zu deinen Angelegenheiten!», erinnerte sie ihn erbost.

«Schön, nun nicht mehr!» Ares packte sie am Arm, zog sie die Treppe hinunter und in seine Suite hinein. «Packt eure Sachen und reist ab! Wartet auf mich in dem Haus, in dem wir immer in der kalten Jahreszeit wohnen!», wies er auch die anderen beiden Mädchen an. «Ich komme so bald wie möglich nach.»

«Bedeuten wir dir denn nichts mehr?», fragte Lydia verblüfft.

«Im Moment gibt es Wichtigeres zu tun», gab Ares unwirsch zurück.

«Aber wir ...»

«Nichts aber!», schnitt er ihr das Wort ab. «Ich möchte euch hier nicht mehr sehen!» Die Mädchen sahen ihn verstört an und begannen ihre Sachen zusammenzuraffen.

«Was ist bloß in dich gefahren?», konnte sich Lydia nicht verkneifen, aber Ares antwortete ihr nicht.

«In einer Stunde seid ihr von hier fort und auf dem Weg nach Vermont!», befahl er und verließ die Suite. Stacey, Breda und Lydia sahen einander verstört an.

«Versteht ihr, was plötzlich mit ihm los ist?» wandte sich Stacey an die anderen beiden Mädchen. Lydia schüttelte den Kopf. Breda jedoch lächelte tückisch. «Ihr reist ab und fahrt nach Vermont. Ich bleibe hier und gehe der Sache nach», beschloss sie.

«Aber wo willst du denn wohnen?», überlegte Lydia.

«Ja, das könnte ein Problem für dich werden, Breda», gab auch Stacey zu bedenken.

«Hm ...», Breda überlegte, «ich werde einfach im Wald leben. Ich fürchte mich nicht.»

^^V^^

Unterdessen war es Mittag geworden und Wilson begab sich in die Kammer, wo er sich mit Anna treffen wollte. Thomas war ins Bett gegangen in dem festen Glauben, Anna wäre tot. Er hatte die traurige Nachricht auch Britta bereits mitgeteilt. Weinend war sie in seinen Armen eingeschlafen.

Anna kam nicht. Nach einer Stunde beschloss Wilson sie zu suchen. Er schlich leise zu Thomas' Suite und spähte vorsichtig hinein, fand aber nur Thomas und Britta darin vor. Wo konnte seine Angebetete nur sein? Als einzigen Grund für ihr Verschwinden konnte er sich vorstellen, dass sie aus irgendeinem unguten Gefühl heraus weggelaufen war.

Wilson zog sich etwas über, verließ die Burg und begann, den nahen Wald zu durchsuchen. Weit weg konnte sie noch nicht sein. Immer wieder ihren Namen rufend, kämpfte er sich durch Dickicht und Unterholz. Nach einer Weile vernahm er leises Jaulen und lief von einer bösen Ahnung getrieben auf das Geräusch zu. Vor ihm balgten sich zwei Wölfe neben einem Körper im Schnee. Als er näher kam, sahen sie ihn erschrocken an, ließen voneinander ab, und liefen fort. Wilson stürzte zu dem Menschen, der da vor ihm lag, und wirklich, es handelte sich um Anna. Ihr Körper war kalt, wies zahlreiche Erfrierungen auf, aber sie lebte noch.

«Anna!» Wilson rüttelte sie sanft. Matt schlug sie die Augen auf und sah ihn an. Ihm schien es zunächst so, als würde sie durch ihn hindurch blicken, als wäre er aus Glas. Doch dann erkannte sie ihn und versuchte zu sprechen.

«Thomas ...», brachte sie mühevoll hervor. Wilson lächelte. Sie war so fürsorglich und dachte sofort an ihren Bruder. Auch wenn es nur ihr Stiefbruder war, die Familie schien ihr wichtig zu sein.

«Was ist mit Thomas?», fragte er und nahm ihre kalte Hand in seine, um sie zu wärmen.

«Vorsicht!», formten Annas Lippen, ihre Stimme war kaum hörbar.

«Er soll vorsichtig sein?», versuchte ihr Wilson zu helfen.

Sie schüttelte schwach den Kopf:

«Du.»

«Ich soll vorsichtig sein?» Sie nickte. «Weshalb denn?», fragte er weiter.

«Böse.»

«Böse? Wer ist böse?» Anna schloss die Augen und sammelte ihre letzten Kräfte.

«Ich liebe dich Eduard», hauchte sie noch, bevor ihr Herz aufhörte zu schlagen. Ihr Kopf sank zur Seite und der schwache Druck ihrer Hand ließ nach.

«Anna!», rief Wilson entsetzt, er wollte nicht wahrhaben, dass sie tot war. «Anna!» Erst jetzt bemerkte er die Bissspuren an ihrem Hals. Sie konnten nur von Wölfen stammen. Schockiert und apathisch hob er Annas Körper in die Höhe und machte sich auf den Rückweg zur Burg.

Dort herrschte helle Aufregung, die sich noch verstärkte, als Wilson mit Annas Leiche ankam. Der Schneider Aaron war gegen Abend mit seiner Gehilfin auf der Burg eingetroffen, um für zwei Mädchen eine völlig neue Kollektion zu entwerfen. Dass eine davon tot sein sollte, glaubte er erst, als er ihre Leiche auf den Tisch in der Halle und damit direkt vor die Nase gelegt bekam. Aaron sprang erschrocken auf. Er war ein kleiner, dicker Mann mit Halbglatze und buschigen braunen Augenbrauen.

«Lieber Herrgott, was ist denn das?», rief er aus, bekreuzigte sich und hielt seine Gehilfin Diana mit einem Stoß ebenfalls dazu an. Diana war groß, schlank und wies eine gewisse Ähnlichkeit mit der Toten auf, wenn man davon absah, dass ihre langen blonden Haare glatt herabfielen. Sie betrachtete Annas Leiche mit einer gewissen Befremdung und ging um den Tisch herum, um sie von allen Seiten zu begutachten.

«Wer hat sie so zugerichtet?», fragte sie schließlich dieselbe Frage, die auch ihren Vorgesetzten beschäftigte.

«Es war wohl ein Wolf», stellte Wilson fest und versuchte seine Betroffenheit zu verstecken.

«Bestimmt.» Clarissa nickte eifrig. Thomas trat an ihre Seite und warf kurz einen Blick auf die Tote. «Was hat sie denn da draußen gemacht?», fragte er unschuldig. «Es ist gefährlich im Wald, selbst am Tag.»

«Ich fürchte, das weiß sie jetzt auch», murmelte Clarissa und wandte sich ab. «Entschuldigen Sie mich, aber die Arbeit ruft.» Die Anwesenden nickten verständnisvoll und dachten sich nichts dabei, als sie verschwand. Sie war schließlich die Bürgermeisterin einer Stadt und in so einem Amt gab es immer viel zu tun.

Aaron schüttelte betroffen den Kopf.

«Das hat sie nicht verdient», meinte er überzeugt. «Sie war noch so jung.»

«Das sagt gar nichts aus.» Thomas Stimme klang kalt.

«Sind Sie denn nicht traurig?», fragte Wilson. «Sie war schließlich Ihre Stiefschwester.

Thomas machte einen Moment ein überraschtes Gesicht und hob dann die Schultern:

«Wir hatten nie eine besonders gute Beziehung zueinander.»

«Was ist passiert?» Britta kam verschlafen die Treppe herunter. Sie war gerade dabei, sich daran zu gewöhnen in der

Nacht wach zu sein und am Tag zu schlafen. Sie umarmte Thomas liebevoll, dann sah sie ihre tote Schwester am Tisch liegen und wollte sofort zu ihr stürmen.

«Anna! Oh Gott, lasst mich zu ihr!», rief sie aufgeregt, aber Thomas hielt sie fest und drückte sie an sich.

«Sieh nicht hin, Schatz.» Er barg ihren Kopf an seiner Schulter.

«Weshalb dreht Ihre Frau so durch?», wollte Wilson wissen.

«Sie standen sich sehr nah», erklärte Thomas und wiegte Britta wie ein Baby hin und her, um sie zu beruhigen. Eine dunkle Gestalt huschte durch die Halle und zur Tür hinaus. Keiner nahm Notiz von ihr. Es war Domenico, von seinem Samtumhang vor unangenehmen Blicken geschützt, den es nach draußen zog. Es war früher Abend und er sehnte sich nach der Natur und der Freiheit.

Kaum war Domenico verschwunden, erschien Ares, missmutig und unausgeschlafen.

«Was ist hier für ein Wirbel?», erkundigte er sich. «Da kann doch kein ... keiner schlafen!»

«Wir haben die Leiche von Sir Thomas' Stiefschwester gefunden», erklärte Wilson bereitwillig.

«Stiefschwester?» Ares kam näher heran und betrachtete den leblosen Körper der jungen Frau. «Ach, ist sie also doch tot.» Er war nicht im Geringsten überrascht. Drei Augenpaare starrten ihn entsetzt an, Thomas sah zur Seite. Ares hob die Schultern. «Woher wissen Sie denn, dass Anna Sir Thomas' Stiefschwester ist ... Verzeihung ... war?», wandte er sich an Wilson.

«Sie hat es mir gesagt. Wissen Sie, wir waren im Begriff, uns näher zu kommen», antwortete er.

«Aha, daher weht also der Wind.» Ares sah Thomas vorwurfsvoll an.

«Ich weiß nicht, was Sie meinen?» Thomas machte ein unschuldiges Gesicht.

«Ich schon.» Ares' Blick verriet, dass ihm klar war, weshalb Thomas Anna als Köder ausgewählt hatte. Thomas räusperte sich verlegen und eine unangenehme Stille entstand, bis der Schneider zaghaft zu sprechen begann: «Wer hat mich überhaupt hierher bestellt?»

«Ich war es.» Thomas hob die Hand.

«Oh, ein Geständnis», murmelte Ares belustigt.

«Ich habe Sie bestellt, für Britta, meine Braut.» Er schob sie Aaron entgegen. «Sie wünscht eine komplett neue Kollektion. Gehen Sie mit ihr hinauf und erfüllen Sie ihr jeden Wunsch. Sie kann jetzt Ablenkung gebrauchen.»

«Und neue Kleider auch», kommentierte Ares grinsend, den Schneider an seine eigentlichen Pflichten erinnernd. Immerhin war es ja möglich, dass er Thomas' Anordnung zu genau nahm.

«In Ordnung.» Aaron nickte, gab Diana einen Wink und verschwand mit den beiden Frauen in Richtung Thomas' Suite. Nun waren nur noch Thomas, Ares und Wilson in der Halle.

«Wie ich hörte, sind Ihre Begleiterinnen abgereist», sprach Thomas Ares auf das Fehlen der Mädchen an.

«Ja, es ging ihnen nicht besonders. Sie mögen das kalte Klima nicht», erklärte Ares, ohne eine Miene zu verziehen. Thomas sah ihn skeptisch an. Wilson fühlte sich etwas aus dem Gespräch ausgeschlossen, es interessierte ihn aber auch nicht, was mit Ares' Mädchen geschehen war. Viel begieriger wäre er darauf gewesen, mehr über Thomas zu erfahren. Hatte Anna nicht angedeutet, dass mit ihrem Stiefbruder etwas nicht stimmte?

«Was machen wir nun mit ihr?» Ares hatte Wilsons Blick bemerkt, der traurig über die tote Anna gestrichen war. Er hatte sich schon seine Hochzeit, seine Kinder mit ihr vorgestellt.

«Wir werden sie natürlich beerdigen!», antwortete Wilson, sichtlich irritiert durch die für ihn überflüssige Frage.

«Natürlich.» Ares verdrehte die Augen. Immer diese unpraktischen Menschen! Neben den Mülltonnen hätte sie sicher auch geglänzt. «Tun Sie das, aber auf mich können Sie bei dieser Aktion nicht zählen. Mir liegt es nicht, Frauen zu begraben. Abgesehen davon habe ich Hunger.» Ares machte sich auf die Suche nach Clarissa.

Wilson sah Thomas fragend an.

«Ich könnte Hilfe gebrauchen», gab er zu.

Thomas nickte widerstrebend: «In Ordnung.» Er fühlte sich schuldig an Annas Tod, irgendetwas musste er tun, um sein schlechtes Gewissen zu beruhigen. Anna war zudem vergeblich gestorben, denn sie hatten Kallustus noch immer nicht gefangen. Von den vier Gefährten wusste Thomas nicht, er war aus Angst sofort zur Burg zurückgelaufen. Insgeheim hoffte er, dass Ares niemandem etwas davon erzählen würde.

«Das wird ein hartes Stück Arbeit ...», bemerkte Wilson, «der Boden ist gefroren.»

«Wir werden es schon schaffen», murmelte Thomas gedankenverloren.

^^V^^

Domenico streifte mit Stella an seiner Seite durch den Wald, er hoffte auf einen Spaziergänger, Wanderer oder Jäger, der ihm die Möglichkeit geben würde, seinen Hunger zu stillen. Stella hatte den Kopf gehoben und es war nicht zu erkennen, ob sie die Sterne betrachtete oder ob ihr Blick an Domenico hing. Er sah zu ihr runter und lächelte.

«Bald haben wir Neumond, dann wird es wieder besser», sprach ihr Domenico gut zu. In der ersten Woche nach Neumond hatte Stella die Gestalt eines Mädchens, die übrige Zeit musste sie im Körper des Wolfes leben. Obwohl sie sich mittlerweile damit abgefunden hatte, war sie des Öfteren traurig und verzweifelt, was Domenico nur zu gut verstehen konnte. Er wusste, wann sie Mut zugesprochen brauchte und wann es nötig war, sie etwas aufzubauen. Stella winselte leise.

«Die Zeit vergeht schnell», erinnerte sie Domenico. Die Wölfin war wieder still und lief scheinbar zufrieden neben Domenico her. Ein lautes Heulen kündigte das Wolfsrudel an, das diesen Teil des Waldes beherrschte, und Stella sah Domenico beinahe fragend an.

«Geh schon Stella! Ich möchte gar nicht wissen, auf welche Art und Weise du satt wirst», meinte er lächelnd und machte eine entsprechende Handbewegung, als wollte er sie verscheuchen. Stella schloss sich ebenfalls heulend dem Rudel an, das auf dem Weg war, etwas Essbares aufzuspüren. Möglicherweise würden sie einen Hirsch reißen, einen streunenden Hund oder vielleicht sogar einen Menschen. Domenico hatte erkannt, dass immer einer sterben musste, damit der andere überleben konnte, und trotzdem war es nicht einfach für ihn, mit dieser Tatsache umzugehen. Wäre es ihm möglich, würde er sich auch nur von Gemüse ernähren, so, wie es einige Menschen taten, die nicht schuld am Tod von Gattungen sein wollten, die mit ihnen die Erde teilten. Doch das konnte nicht sein, ein Vampir, der kein Blut mehr trank, der nicht mehr das zu sich nahm, was er von seiner dunklen Natur her brauchte, war zum Sterben verurteilt. Sterben? Nein, Vampire konnten nicht sterben, sie waren schließlich unsterblich. Was aber würde mit einem Wesen wie ihm passieren, wenn es die Nahrung verweigerte? Domenico wusste es nicht und er hatte auch nicht den Mut dazu, es auszuprobieren, geschweige denn die Kraft. Einen Vampir, der freiwillig auf Blut jeglicher Art verzichtete, gab es so gut wie nirgendwo. Die dunkle, warme Farbe, die geschmeidige Konsistenz und der leicht metallische und doch süße Geschmack und Geruch des Blutes übten eine unwiderstehliche Anziehungskraft auf die Wesen der Nacht aus – auf Vampire und Werwölfe gleichermaßen. Domenico wusste, dass es für ihn unmöglich geworden war, Menschen zu verschonen. Er war auf ihr Lebenselixier angewiesen. Man hätte vermuten sollen, dass es ihm mittlerweile gelungen war, sein Schicksal zu akzeptieren, aber dem war nicht so. Nach wie vor hatte er Hochs und Tiefs, manchmal war es weniger erschreckend ein Vampir zu sein, dann wieder unerträglich. Domenico sah hinter sich und betrachtete die Spuren, die seine schwarzen Doc Martens im Schnee hinterließen. Im Moment ging es ihm recht gut und er genoss die Natur um sich herum. Der Schnee glitzerte auf den breiten, flächigen Ästen der Nadelbäume, und der Wald wirkte schläfrig und ruhig. Rehe flüchteten instinktiv, wenn sie Domenicos Schritte vernahmen, Wölfe und Füchse blieben gelassen sitzen oder stehen und betrachteten den Vampir neugierig. Es hatte keinen Sinn für sie zu flüchten, sie waren ihm unterlegen, er konnte sie zu seinem Werkzeug machen. Wenn er sie ansah, mussten sie gehorchen; sie konnten gar nicht anders, auch wenn ihnen ihr Instinkt zur Flucht riet. Domenico hatte kein Interesse daran, die wilden Tiere zu ärgern oder auszusaugen – Tierblut war höchst unbefriedigend. Er ging weiter durch den frisch gefallenen Schnee, einer menschlichen Fährte folgend. Er war sich dessen zunächst gar nicht bewusst. Sein Unterbewusstsein und sein Jagdtrieb hatten ihn wie von selbst dazu gebracht, jemandem nachzustellen. Domenico kannte sich im Wald gut aus – er lebte bereits über ein halbes Jahr hier – und so war es nicht verwunderlich, dass ihm der Weg bekannt war, den der Mensch eingeschlagen hatte. Er führte ihn genau zu Domenicos Höhle, die ihm als Unterschlupf und Schutz vor der Sonne diente. Domenico schlich leise heran und warf einen vorsichtigen Blick in das Innere des Felsens. Wer es sich wohl in seiner Behausung gemütlich gemacht hatte? Er ging hinein. Was hatte er schon zu befürchten? Ein Mädchen saß mit geschlossenen Augen gegen eine der Höhlenwände gelehnt und summte ein Lied vor sich hin. Zur Beruhigung, wie Domenico bemerkte, aber weshalb sie aufgeregt war, wusste er nicht. Er ging auf sie zu und räusperte sich. Sie öffnete die Augen und erschrak.

«Jesus! Wer bist du?», rief sie aus.

«Ich bin mir sicher, dass ich nicht Jesus bin», meinte er ernst und sah sie auffordernd an. «Aber wer bist du, und was tust du in meinem Unterschlupf? Überhaupt in diesem Wald? Du siehst nicht aus, als würdest du dich hier in der Wildnis zurechtfinden.» Kritisch musterte er ihr grünes Kleid aus Rohseide und ihre edlen Schuhe, passend dazu. Sie wusste nicht, was sie ihm antworten sollte, denn er hatte nicht unrecht. «Abgesehen davon gibt es hier nicht viel zu essen.» Er verschränkte die Arme vor der Brust.

«Oh», sie lachte verlegen, «ich brauche nichts zu essen. Kein Brot und kein Fleisch, nur ...»

«Ich weiß, dass du Blut brauchst, um zu überleben», fiel ihr Domenico ins Wort und ersparte ihr damit eine Ausrede, die zweifellos seltsam und unglaubwürdig gewirkt hätte. Er wusste, dass sie ein Vampir war, seit er die Höhle betreten hatte. Und er kannte sie. Er wusste wie sie hieß und wie sie hierher gekommen war. Den Grund dafür kannte er allerdings nicht. Sie sah ihn erschrocken und voller Angst an.

«Woher weißt du das?», fragte sie unsicher. Domenico setzte sich ein Stück entfernt von ihr auf den Boden.

«Ich weiß so einiges, Breda.»

«Du kennst meinen Namen?»

«Ja. – Weshalb sitzt du in dieser Höhle? Solltest du nicht bei deinem Schöpfer sein?», fragte Domenico mit ruhiger Stimme.

«Du kennst Ares?» Breda wurde immer verwunderter.

«Flüchtig», bemerkte Domenico. «Weshalb bist du von ihm weggelaufen?», fragte er weiter. Breda sah Domenico prüfend an – er war sehr hübsch, was natürlich nicht zwangsläufig bedeutete, dass er nichts Böses im Sinn hatte –, aber langsam fasste sie Vertauen zu ihm. Es war seine Ausstrahlung, die sie fesselte und faszinierte. Sie wollte mehr, mehr mit ihm zu tun haben, mehr Kontakt. Er strahlte eine seltsame, ihm eigene magische Anziehungskraft aus.

«Er hat uns weggeschickt, wir sollten nach Vermont», erzählte sie schließlich. «Aber ich bin hier geblieben, um herauszufinden, was er im Schilde führt. Wie es scheint, hat er Dreck am Stecken.»

Domenico sah auf den staubigen Lehmboden und hob die Augenbrauen. Eine kleine Weile verstrich. «Ares hat meistens Dreck am Stecken», bemerkte er dann emotionslos.

«Was?»

«Kümmere dich nicht weiter darum, er kommt aus jeder noch so komplizierten Situation wieder heil heraus», riet er ihr. «Mach dir keine Sorgen.»

«Ich mache mir keine Sorgen», stritt sie ab. Domenico sah sie an und Breda spürte, dass er ihren Worten nicht recht glauben wollte.

«Du willst allen Ernstes behaupten, dass du keine Angst hast, deinem Schöpfer könnte etwas passieren? Bedrückt es dich nicht, dass er sich in etwas verstrickt, aus dem er sich aus eigener Kraft nicht wieder befreien kann?» Breda war es, als würde ihr der fremde junge Mann direkt aus der Seele sprechen. Wie alt er wohl war? Bestimmt jünger als sie. Er musste auch ein Vampir sein, wenn er sie so gut verstand. Sie sah betreten auf die Felswand ihr gegenüber und fühlte sich ertappt und entblößt.

«Breda, wir sind die Kinder unserer Schöpfer, sie leben in uns weiter. Es ist nur natürlich, dass wir sie schützen wollen», sprach Domenico sanft weiter. Breda rührte sich nicht, aber er wusste, dass sie ihn hörte, seine Worte in sich aufnahm, sie verstand und ihnen zustimmte. «Liebst du ihn?» Erst als ihr Domenico diese Frage einfühlsam und vorsichtig stellte, sah Breda ihn wieder an.

«Ja.» Sie begann zu weinen. «Ich liebe ihn sehr, aber er hat mich einfach von sich gestoßen. Ganz plötzlich. Seitdem er mich zu seinesgleichen gemacht hat, war ich seine Rose, seine Schneeflocke, seine Lotusblüte, sein Schatz, seine Grazie, sein Marienkäfer ...» Ihr Weinen erstickte ihre Worte und verhinderte weitere Aufzählungen. Domenico stand auf und lehnte sich gegen einen Felsblock in der Mitte der Höhle. Er kannte Ares: Je mehr Kosenamen er für jemanden erfand, desto weniger bedeutete ihm derjenige.

«Hat er dich jemals bei deinem Namen genannt?», fragte er Breda.

«... nein», antwortete sie und ihre Tränen versiegten langsam. Domenico nickte kaum merkbar. Das hatte er sich gedacht, Breda war nichts als ein Zeitvertreib für Ares gewesen. Ein Spielzeug, das man benutze, solange man Spaß daran hatte, und wenn es langweilig wurde, legte man es beiseite, schob es von sich und schenkte seine Aufmerksamkeit etwas anderem.

«Ich habe das ungute Gefühl, dass Ares' plötzliche Wandlung etwas mit dem Gast zu tun hat, der in der Burg in der Turmkammer wohnt», teilte Breda ihm ihre Gedanken mit. Domenico zuckte unmerklich zusammen und horchte dann auf. Da er jedoch mit dem Rücken zu Breda stand, bemerkte sie die Steigerung seiner Aufmerksamkeit nicht.

«Weshalb?», fragte er arglos.

«Ich habe Ares aus dem Zimmer des Fremden kommen gesehen, mitten am Tag, wenn jeder unserer Art eigentlich schläft», erzählte Breda weiter. Aus seinem Zimmer? Ares hatte sein Zimmer in den frühen Morgenstunden verlassen, das wusste Domenico sicher. Sollte Ares nochmals zurückgekommen sein, als er bereits geschlafen hatte? Und wenn es zutraf, was Breda sagte, was hatte Ares dann bei ihm gewollt? Und weshalb war Stella nicht aufgewacht, um den ungebetenen Gast zu verscheuchen oder Domenico wenigstens zu wecken? Sie war doch so sensibel – Ares' Besuch konnte ihr nicht entgangen sein.

«Ich glaube, du schleichst einer Sache nach, die dich weder betrifft noch gefährdet. Halte dich aus dieser Geschichte raus und fahr zurück nach Vermont, dann passiert dir garantiert nichts», riet ihr Domenico.

«Was willst du damit sagen?» Breda stand auf und stellte sich hinter Domenico. Es tat gut, ihm so nahe zu sein. Er drehte sich um und sah sie beschwörend an. Die intensive Farbe seiner Augen traf sie wie ein Schlag und ihr erster Impuls war zurückzuweichen. Doch dann fühlte sie sich plötzlich noch stärker von ihm angezogen und verharrte dort, wo sie gerade stand, ganz dicht an Domenicos schlankem Körper – fast hätten sie einander berührt.

«Ich bin nicht der, für den du mich hältst. Deine Engstirnigkeit wird dir den Verstand trüben und du wirst alles so sehen, wie du es sehen willst, ohne der Wahrheit und der Wirklichkeit auch nur eine Chance zu geben. Außerdem ...» Er brach ab; es gab Dinge, von denen er ihr nichts erzählen durfte.

«Was?», bedrängte sie ihn. Domenico schüttelte nur den Kopf. Er konnte ihr nicht sagen, dass sie sterben würde, wenn sie hier blieb.

«Geh!», forderte er sie auf.

«Wohin denn?»

«Nach Vermont.»

«Niemals!», wehrte sie sich und ihre Augen blitzten trotzig.

«Dann bleib eben hier, aber ich habe dich gewarnt!» Er ging an ihr vorbei und verließ die Höhle. Er wusste, dass sie nicht gehen würde und sie dadurch ihre Chance, unversehrt zu bleiben, verspielte. Gerne hätte er sie gegen ihren Willen in ein Taxi gesetzt und nach Vermont geschickt, aber das stand nicht in seiner Macht. Domenico vergrub seine kalten Hände in den Taschen seines Ledermantels und sah seinem Atem nach, der in der eisigen Luft kleine Wölkchen bildete. Er fragte sich, weshalb er eigentlich atmete, es war überhaupt nicht nötig, da nicht einmal sein Herz mehr schlug. Es war ein Überbleibsel des Menschseins, das noch in jedem Vampir steckte, notwendig war es wohl nicht. Domenico erinnerte sich an seine ersten Atemzüge als Vampir. Seine Kehle und seine Lunge hatten gebrannt; erst nach einiger Zeit hatten die Schmerzen nachgelassen. Ein Hecheln neben ihm riss ihn aus seinen Gedanken, und er bemerkte Stella, die sich wieder zu ihm gesellt hatte. Sie schien satt geworden zu sein, was Domenico daran erinnerte, dass er selbst noch immer nichts zu sich genommen hatte. Stella mochte seine Gedanken erraten haben und führte ihn zu einem einsamen Haus am Waldrand, in dem eine kleine Familie wohnte. Und während Domenico, über sich selbst entsetzt, willenlos seinem räuberischen Instinkt folgte, wartete sie geduldig im weichen Schnee neben der Haustür.

^^V^^

Ares hatte sich bei Clarissa nach Domenico erkundigt, und zusammen hatten sie herausgefunden, dass er sich nicht auf der Burg befand. Da Ares seinen Hunger bereits gestillt hatte und keine Chance sah, Domenico in den Weiten des Waldes zu finden, beschloss er seinem Spürsinn zu folgen und Thomas und Wilson ausfindig zu machen. Es dauerte nicht lange und er hatte sie gefunden. Unweit der Burg, am Waldrand, standen sie mit Schaufel und Spaten bewaffnet und begannen soeben eine Grube auszuheben. Ares hielt sich hinter dem Gebüsch, das um die Burg wucherte, versteckt. Er wollte vermeiden, von den beiden entdeckt zu werden. «War Anna wirklich ihre Stiefschwester?», fragte Wilson; ihm kam die Geschichte, die ihm Anna erzählt hatte, etwas seltsam vor.

«Natürlich.» Thomas sah nicht ein, weshalb er die Lüge aufdecken sollte; sie erschien ihm als durchaus praktisch und es gab niemanden, der sie widerlegen konnte. Clarissa würde schweigen. Ares, der die Wahrheit kannte, war nicht interessiert daran und Britta leicht zu unterdrücken. Sie würde den Mund halten, wenn Thomas es ihr befahl.

«Was machte Anna denn für einen Eindruck auf sie?», interessierte sich Thomas, während er mit dem Spaten Erdziegel aus dem harten Boden stach. Es fiel ihm erstaunlich leicht mit der gesteigerten Kraft, die er besaß, seitdem er ein Vampir war.

«Einen guten.» Für Wilson war die Arbeit ungleich mühevoller und er wunderte sich, dass er um so viel schwächer zu sein schien als Thomas. «Sie war klug, liebevoll und – nicht zu vergessen – wunderschön», schwärmte er.

«Reden Sie weiter!», forderte ihn Thomas auf.

«Ihr Körper schien so glatt wie Marmor zu sein. Ihre Bewegungen waren anmutig und ihre Haut warm und weich wie spanische Seide.» Wilson fühlte sich wie ein Poet und Thomas sich hintergangen. Er umfasste den Griff der Schaufel fester und stach mit noch größerer Wucht in die Erde. Er wusste selbst genau, wie warm und weich Annas Haut gewesen war, wie zart ihre Lippen, wie verständnisvoll ihr Blick und wie glänzend ihr Haar. Doch sie hatte ihn nicht geliebt, hatte sich stattdessen diesem Wilson geöffnet, geschenkt. Sie hatte vorgehabt, ihn, Ares!, zu verlassen, um sich Wilson an den Hals zu werfen! Ja, sie war zurecht tot, sie hatte den Tod verdient wie keine andere. Hätte sie ihn nicht betrogen, würde sie noch atmen und wäre quietschlebendig.

«Haben Sie ihr jemals beim Sprechen zugesehen? Wie sie die Lippen schürzte und sie schnell mit der Zunge befeuchtete – da hätte ich sie immer gleich küssen mögen, auf der Stelle», träumte Wilson weiter von Anna. «Und ihre Stimme ... wie die eines Engels!»

Ares verdrehte hinter seinem Busch gelangweilt die Augen. Was sollte diese Kitschigkeit? Er hatte gehofft, neue Erkenntnisse zu gewinnen. Dass Anna recht putzig gewesen war, wusste er selbst. Doch wie es aussah, würde hier kein Geheimnis gelüftet werden, und er überlegte schon, wieder von seinem Platz zu verschwinden.

«Wirklich?» Thomas war an Wilsons Schwärmerei überhaupt nicht mehr interessiert. Er stach auf das Erdreich unter sich ein, als gelte es einen Bullen abzuschlachten.

«Ja.» Wilson merkte nicht, dass Thomas immer aggressiver wurde. «Ihre Haare glänzten immer wie Gold, und sie hatte so viel Gefühl ... Oh meine süße Anna, wieso bist du nur in den Wald gegangen, weshalb hast du dich nicht mit mir getroffen? Wir wollten doch heiraten und eine Familie ...» Er kam nicht dazu, den Satz zu beenden, denn Thomas' Spaten traf ihn mit voller Wucht auf den Kopf, sodass ihm die Halswirbel mit einem leisen Knacken brachen. Wilson war auf der Stelle tot und fiel ohne einen Laut um. Wie ein Baum, den man soeben gefällt hatte. Thomas sah sich um, vergewisserte sich noch einmal, dass ihn niemand gesehen hatte, und ging dann zu dem Toten, um ihm voller Verachtung ins Gesicht zu spucken. «Nun seid ihr vereint in der Ewigkeit», dachte er bitter und setzte seine Arbeit fort. Er schaufelte und grub in großer Eile, angetrieben von der Angst entdeckt zu werden. Bald war eine Grube entstanden, die tief genug war, um zwei Leute darin zu beerdigen. Thomas stieß Wilsons Leiche grob in das Loch und begann, wieder gefrorene Erde darauf zu schütten. Als er fand, dass es genug war, stieg er in das Grab und trat die Erde über dem Toten sorgsam fest. Dann holte er Anna und legte sie dazu. Er küsste sie noch ein letztes Mal auf ihren kalten Mund und bedeckte ihren Körper ebenfalls mit der dunklen Erde, die genauso kalt und leblos war wie sie. Thomas vollendete sein Werk, indem er die schneebedeckten Rasenziegel wieder auf die nackte Erde legte und festtrat. Er betrachtete das Doppelgrab vor sich und befand, dass nie jemand vermuten würde, dass hier zwei Tote unter der Erde lagen. Thomas suchte nach einem besonderen Stein und fand einen in der Form eines Herzes. Mit ihm markierte er die Stelle, an der Anna hoffentlich ihre letzte Ruhe fand. Erleichtert, diese unangenehme Arbeit hinter sich zu haben und noch dazu von dem lästigen Wilson befreit zu sein, schulterte Thomas Schaufel und Spaten und machte sich auf den Weg zurück zur Burg. Er freute sich bereits auf sein Bett und die Liebkosungen von Britta. Ares verließ etwas verwirrt über die plötzliche Wendung der Dinge sein Versteck und beschloss, sich erst beim Morgengrauen wieder in der Burg blicken zu lassen, um Thomas keinen Verdacht schöpfen zu lassen.

^^V^^

Stella sprang übermütig durch den pulvrigen Schnee um Domenico herum. Bald würde sie wieder ein Mensch sein, so aussehen und sich nicht nur so fühlen. Domenico lächelte, als er die

Freude der Wölfin sah. Es war kaum zu glauben, dass in diesem Raubtier ein Mädchen steckte. Als sie bei der Burg angekommen waren, wollte Domenico nicht gleich hineingehen, sondern vielmehr noch etwas über das angrenzende Gelände spazieren. Die schmale Mondsichel hatte sich hinter den Wolken versteckt und die Nacht schien finsterer zu sein als gewöhnlich. Domenico ging ein Stück über die verschneite Wiese und stolperte plötzlich über etwas. Als er irritiert zu Boden sah, bemerkte er, dass es sich um einen herzförmigen Stein handelte, der ihm im Weg gelegen hatte. Domenico stieg darüber hinweg und setzte seinen Weg fort. Stella blieb bei der Stelle stehen und begann interessiert zu schnuppern. Als Domenico bemerkte, dass sie ihm nicht mehr folgte, drehte er sich nach der Wölfin um.

«Komm!», forderte er sie auf. Stella lief zu ihm, packte ihn mit dem Maul vorsichtig am Ärmel seines Ledermantels und zog ihn zu dem seltsamen Stein zurück. «Was ist denn?», fragte Domenico sie verwundert. Stella begann im Schnee zu graben, aber Domenico hielt sie zurück.

«Lass das, zuerst hören wir uns vorsichtig um, ob hier möglicherweise etwas vergraben sein könnte», überlegte er und kraulte ihr den Kopf. «Vielleicht sparst du dir so eine Menge Arbeit.» Stella ließ sich dazu überreden von dem Grab abzulassen und trottete desinteressiert hinter Domenico her, der selbstvergessen durch den Schnee stapfte. Er war so in Gedanken versunken, dass er es zunächst gar nicht bemerkte, als sich Ares zu ihm und Stella gesellte.

«Was machst du denn hier?», fragte er überrascht. «Musst du dich so anschleichen?»

«Das liegt in unserer Natur, Domenico», antwortete ihm Ares lächelnd.

«Außerdem hast du zwei besonders scharfe Augen. Ich sehe nicht ein, weshalb ich mich ankündigen sollte», fügte er hinzu.

Domenico schwieg, ihm war das Gespräch zu mühsam.

Doch Ares gab nicht auf: «Was ist?»

«Nichts.» Eine Weile gingen sie still nebeneinander her, dann sah Domenico Ares an. «Ist hier etwas oder jemand vergraben worden?», fragte er ihn.

«Vergraben ...? Was meinst du denn?» Ares tat, als wüsste er nicht, um was es ging. Gleichzeitig fragte er sich, woher Domenico von Thomas' dunklen Machenschaften wusste.

«Ares, du weißt, was das Wort ‚vergraben' bedeutet», meinte Domenico und forderte Ares damit auf, ihm die Wahrheit zu sagen.

«Okay.» Er gab sich geschlagen. «Ein junges Mädchen wurde im Wald von ... sie wurde angefallen und ist gestorben. Ihr Geliebter hat sie wohl hier in der Nähe der Burg begraben.»

«Wer war er?», wollte Domenico wissen.

Ares zuckte mit den Schultern.

«Ein gewisser Wilson, ich habe ihn aber nicht genauer gekannt.»

Domenico warf ihm einen Blick zu, der ihn verstehen ließ, dass er genau wusste, dass Ares nur die halbe Wahrheit erzählte. Doch er fragte nicht weiter nach. Bevor er von Ares' nur irgendwelche Geschichten aufgetischt bekam, hörte er lieber gar nichts und erkundigte sich woanders.

«Du glaubst mir nicht», stellte Ares fest.

«Nein, nicht ganz», gab Domenico zu.

«Aber du ...»

«Vergiss es, Ares, ich werde dich einfach nicht mehr fragen», fiel ihm Domenico ins Wort, «dann musst du nicht lügen und nichts ausplaudern, was du lieber für dich behalten willst.»

Ares setzte wieder an, um sich zu verteidigen und zu beteuern, dass Domenico sein Verhalten falsch auffasste, doch dann sah er ein, dass es keinen Sinn hatte. Domenico hatte ihn durchschaut.

«Können wir von etwas anderem reden?», fragte er.

Domenico sah ihn nicht an.

«Ich rede gar nicht», meinte er leise.

«Gut, dafür werde ich reden.» Ares holte tief Luft.

«Du solltest wissen, vor wem du mich im Wald gerettet hast.» Domenico hörte Ares ruhig zu und betrachtete den Schnee, der unter seinen Füßen knirschte. «Es war ein ziemlich irrer Vampir und, wie es scheint, seine ... Freunde, Gefährten, Kumpanen, Anhänger?» Er machte eine Pause, um Domenico die Chance zu geben etwas zu sagen, aber der schwieg weiter. «Ich halte diese fünf Kerle für ziemlich lästig und gefährlich. Vereint können sie einen von uns leicht töten.»

«Hast du Angst?» Domenicos Stimme hörte sich ruhig und ausgeglichen an.

«Nein ... nein, gewiss nicht. Ich bin mir nur des Risikos bewusst, das ich eingehe, wenn ich den Wald betrete.»

«Du wurdest doch nicht aus heiterem Himmel, ohne Grund von ihnen angefallen», bemerkte Domenico.

«Doch ich ...» Domenicos Schweigen war schlimmer als jeder Vorwurf, auch wenn das gar nicht seine Absicht war. Ares seufzte «Nein, natürlich nicht. Wir wollten einen der Kerle, Kallustus, fangen. Ich konnte nicht ahnen, dass er noch vier andere Monster bei sich haben würde», rückte er doch mit der Wahrheit heraus. Domenico schaffte es immer wieder, ihn zu bekehren.

«Wir?», kam als kurze Frage aus der Dunkelheit, die Ares umgab.

«Ja», er nickte, «Thomas und ich. – Kennst du Thomas?»

«Er ist Clarissas Bruder. Sie hätte keinen Vampir aus ihm machen dürfen.»

«Wenn es nach dir ginge, dürfte es überhaupt keine Vampire geben», bemerkte Ares.

«Richtig.»

«Und wenn dich der betreffende Mensch aber auf Knien um Erlösung bittet?», gab Ares zu bedenken.

«Wenn du die Verantwortung dafür übernehmen kannst, dann tu, was dir beliebt», sagte Domenico leise und gelassen. «Aber was ist mit all jenen, die du gezwungen hast, Kinder der Dunkelheit zu werden? Hast du jemals an sie gedacht? Sie quälen sich durch ihr Dasein.»

«Sprichst du für dich?», fragte Ares ihn mit einer Spur von Keckheit.

«Die Frage brauchst du mir nicht zu stellen.» Domenicos Antwort wirkte ernüchternd.

Ares seufzte: «Kannst du denn niemals glücklich sein? Nur ein ganz kleines bisschen?»

«Bist du es denn?» Domenico beschleunigte seine Schritte, gefolgt von Stella, lief über die hölzerne Zugbrücke und verschwand in der Burg. Ares blieb auf dem Gelände vor der Burg zurück. Glücklich? Was bedeutete Glück denn überhaupt? Gab es bestimmte, allgemein gültige Voraussetzungen dafür, glücklich zu sein? War es ein spezielles Gefühl, das ankündigte, dass das Glück einen gleich erreichte? Ares versuchte sich zu erinnern, ob er jemals glücklich gewesen war. Ja, als Mensch, da war er glücklich gewesen – eine viel zu kurze Zeit jedoch, wie er nun erkannte. Und in seinem Leben als Vampir? Hatte er jemals auch nur einen Funken von Glück verspürt? Ja, hatte er. In der Nacht, in der Domenico in sein sinnloses, tristes Leben getreten war. Ares seufzte abermals und ging dann auch in die Burg zurück; er wollte keine Bekanntschaft mit den Sonnenstrahlen machen.

^^V^^

Das Herannahen des nächsten Abends wurde durch einen lauen Wind begleitet, der schon tagsüber geweht hatte und dazu beitrug, dass der Schnee langsam zu schmelzen begann. Domenico war bereits mit Stella unterwegs durch die Wälder, als es in der Burg begann lebendig zu werden. Thomas war seltsam still, wie seiner Schwester auffiel. Aber als sie ihn darauf ansprach, konnte sie nichts Verdächtiges an seinen Worten finden. Sie war eine Geschäftsfrau, keine Detektivin.

Ares wachte langsam auf, genau zu dem Zeitpunkt, als der Schneider Aaron und seine Gehilfin Diana todmüde ins Bett fielen. Sie hatten fast den ganzen Tag über an den Kleidern für Britta genäht und fanden, dass es nun an der Zeit wäre, sich etwas auszuruhen. Während das nächtliche Treiben auf der Burg gerade begann, stürmten fünf finstere Gestalten über die Wiesen, die an die Burg angrenzten, und begannen an einer gewissen Stelle in der Erde zu wühlen, die sie sehr interessierte und von deren Geruch sie fasziniert waren. Erde flog durch die Luft, knochige Hände mit ungepflegten, langen Fingernägeln wühlten im Erdreich, um schließlich zwei blanke Körper freizulegen. Scharfe Zähne gruben sich in totes, kaltes Fleisch und lautes Schmatzen wurde hörbar. Plötzlich schnappten die fünf ihre Beute und verschwanden mit ihr eiligst im sicheren Wald. Der Grund dafür war Ares, der seine Suite durch das Fenster verließ und vorhatte, zu seinen Wurzeln zurückzukehren. Er war auch der Erste, der mit der geschändeten Ruhestätte konfrontiert wurde. Er überlegte kurz und entschied dann, Thomas darüber zu informieren. Einige Unruhe kam auch auf, als Clarissa entdeckte, dass sich Wilson, der menschliche Gast aus der Stadt, nicht mehr auf seinem Zimmer befand. Interessanterweise verhielt sich Thomas still, als von dem verschollenen Mann gesprochen wurde, während Ares eifrig Überlegungen anstellte, wo sich der unglückliche Mensch wohl überall befinden konnte. Clarissa wurde erzählt, dass Thomas gestern noch mit Wilson gemeinsam Anna zu Grabe getragen hatte, dann aber nicht mehr gesehen worden war. Ferner erfuhr sie noch, dass das Grab bereits umgewühlt und ausgeraubt wurde. Entsetzt darüber, was für seltsame Begebenheiten sich rund um ihre Stadt zutrugen, sank sie erschöpft auf die Couch in der Eingangshalle.

«Mein Fräulein, das wird sich alles aufklären», versicherte ihr Ares charmant und tätschelte ihre Hand. Ein Schatten huschte am Fenster vorbei und Ares ging hin, um sich zu vergewissern, dass er sich nicht getäuscht hatte, konnte aber nichts Ungewöhnliches erkennen. Die Nacht war sehr dunkel, morgen würde gar kein Mond mehr am Himmel zu sehen sein.

«Wir sollten hinaus und die Kerle suchen», schlug Ares vor.

«Wir sind aber nur zu zweit», gab Thomas zu bedenken.

Clarissa entschuldigte sich und verließ die Halle; die Gespräche der Männer interessierten sie nicht. Sie wollte nur, dass in Rissa und rund um die Burg wieder Ruhe einkehrte. Wie das angestellt wurde, war ihr egal.

«Das letzte Mal war ich alleine mit ihnen, Sie Feigling!» Thomas sah schuldbewusst auf seine Schuhe. «Aber irgendwie sind sie ja doch wieder heil zurückgekommen», meinte er schließlich.

«Ja, ich hatte ja auch ... Glück! Aber ich bin überzeugt, dass es ein zweites Mal nicht so sein wird. Seien Sie nicht so zimperlich! Ich weiß, dass Sie auch anders können!» Natürlich wusste es Ares; er hatte gesehen, wie Thomas jemanden tötete. Nicht aus Hunger oder Blutgier, was unter Vampiren verständlich wäre, nein, Eifersucht und Hass hatten ihn zu dieser Tat getrieben. In diesem schüchternen Mann lag mehr verborgen, als man ihm ansehen mochte.

«Lassen Sie uns gehen, wir müssen Annas Grab wieder zuschaufeln.» Thomas stand auf, Ares erhob sich ebenfalls. «Und dann gehen wir und suchen die Kerle. Nehmen Sie ein Kreuz und Knoblauch mit!», ordnete Ares an.

Thomas sah ihn entsetzt an.

«Ein Kreuz und Knoblauch? Wollen Sie uns umbringen?»

«Unsinn, damit werden wir die vernichten. Sind Sie etwa abergläubisch? Ich sage Ihnen, dieses Zeug kann Ihnen nichts anhaben, es sei denn, Sie fürchten sich davor.»

«Nein», meinte Thomas nach rascher Überlegung.

«Gut, dann brechen wir auf.»

^^V^^

Breda erwachte in der Höhle. Ihr Magen knurrte und sie fühlte sich unsagbar alleine. Ob sie den hübschen Vampir von gestern Nacht jemals wieder sehen würde? Es war schließlich sein Unterschlupf, den sie hier bewohnte, das hatte sie gemerkt. Sie vermisste Ares, wollte sich an ihn kuscheln, von ihm gestreichelt werden und seine Aufmerksamkeit genießen. Er hatte sie stets den anderen Mädchen vorgezogen, dessen war sie sich sicher. Sie war auch die Erste gewesen, der er dieses Leben geschenkt hatte. Sie hatte das immer als ein besonderes Geschenk betrachtet und ihn schon alleine deshalb geliebt. Dass er unglaublich attraktiv war, eine wundervolle Ausstrahlung und in ihren Augen einen guten Charakter besaß, kam noch hinzu. Breda erinnerte sich daran, als sie Ares zum ersten Mal begegnet war. Eigentlich war er ihr begegnet. Sie hatte damals in einem kleinen Café als Kellnerin gearbeitet und Ares war durch die Tür getreten, genau auf sie zugekommen und hatte sie gefragt, ob sie Rotwein mochte. Sie hatte zuerst gar nichts gesagt, vor lauter Überraschung, und als er ihre Hand nahm, hatte sie ihm eine Ohrfeige gegeben und war gegangen. Ares kam immer wieder. Er setzte sich an einen kleinen Tisch, bestellte etwas, rührte es aber nie an. Er begann mit ihr zu plaudern und wurde bald ein fester Bestandteil ihres Tagesablaufs. Sie wartete bereits zu Beginn ihrer Schicht auf ihn und betete, dass er recht lange blieb. Sie stellte fest, dass sie ihn brauchte und nur noch zur Arbeit ging, um ihn zu sehen. Irgendwann ging sie mit ihm in seine Wohnung, wo er eine Vampirin aus ihr machte. Von da an waren sie unzertrennlich, taten alles gemeinsam und Breda liebte Ares bedingungslos, auch wenn sie nicht viel von ihm wusste. Als Ares eines Abends zwei Mädchen mitbrachte, als Gefährtinnen für sie, damit sie sich nicht so langweilte, wenn er nicht bei ihr sein konnte, war Breda schon etwas schockiert gewesen, hatte aber bald erkannt, dass es durchaus auch seine Vorteile hatte, zu viert zu leben. Die Mädchen freundeten sich an und waren bald ein eingeschworenes Team. Dass sie sich Ares teilen mussten, wurde nebensächlich, da der Vampir ohnehin nicht viel von Treue hielt. Sie reisten viel, sahen sich verschiedene Städte und Länder an und hatten stets Spaß zusammen. Die melancholischen Tiefs, von denen der Vampir immer wieder eingeholt wurde, verdrängten oder ließen sie erst gar nicht aufkommen. Es war wunderschön gewesen in dieser Gemeinschaft zusammenzuleben, doch Ares wurde mit der Zeit immer nachdenklicher und schien unzufrieden zu sein. Irgendetwas, was auf der Burg geschehen war, hatte den Anlass dazu gegeben, dass er sich völlig veränderte. Ares war ernster und verdrießlicher geworden, und dass er sie, Lydia und Stacey weggeschickt hatte, schien für Breda der Gipfel der Absurdität zu sein. Sie stand auf und streckte sich. Sie hätte sich wirklich andere Kleider und Schuhe besorgen sollen, es war etwas unbequem in der Mode, die sie gerade trug. Sie verließ die Höhle um zur Burg zu schleichen, vielleicht konnte sie dort etwas über Ares' seltsame Wandlung erfahren. Als sie die dunklen Wege des Waldes entlangging, sah sie plötzlich eine Gestalt auf sich zukommen. Allem Anschein nach handelte es sich um einen jungen Mann – ein Mensch, wie Breda sofort riechen konnte. Er lächelte, ging an ihr vorbei, blieb dann aber stehen und folgte ihr.

«Lady, ist es nicht gefährlich für Sie, wenn Sie hier alleine durch den Wald spazieren?», sprach er sie an.

«Es ist nur gefährlich, wenn ich mit fremden Männern spreche», antwortete Breda schlagfertig.

«Das ist auch nicht nötig, ich heiße Louis», stellte er sich vor. «Und wie ist Ihr Name?»

«Breda.» Ihr war überhaupt nicht nach Konversation zumute, aber sie merkte, dass es ihr gut tat, mit jemandem zu sprechen.

«Breda, frieren Sie nicht?», erkundigte sich Louis und legte ihr mit einem Blick auf ihr Kleid seine Jacke um die Schultern.

«Jetzt nicht mehr», sagte Breda und lächelte. «Was tun Sie denn hier im Wald?», fragte sie ihn.

«Ich bin auf dem Weg nach Rissa. Ich wohne dort», erklärte er.

Breda lachte.

«Dann sollten Sie aber wissen, dass Sie vorher in die falsche Richtung gegangen sind.»

«Was, wirklich? Ich dachte, ich gehe jetzt mit Ihnen in die falsche Richtung.»

«Nein, aber wenn Sie wollen, bringe ich Sie nach Rissa», bot Breda an. «Aber ist es nicht etwas peinlich, wenn man seine eigene Heimatstadt nicht mehr findet?»

«Ja, da haben Sie Recht, aber ich war jetzt lange fort, und hier hat sich so viel verändert. Ich habe gehört, dass sich sehr viele Fremde in Rissa aufhalten und das Städtchen unter der neuen Bürgermeisterin sehr gewachsen ist», erzählte er.

«Ja, das stimmt, die Bürgermeisterin tut sehr viel für Rissa», bestätigte Breda. «Weshalb sind Sie denn zu Fuß unterwegs? Sie hätten doch ein Taxi nehmen können.»

«Ich war mit dem Auto unterwegs», antwortete Louis nicht ohne gewissen Ärger. «Allerdings hatte ich nicht allzu weit entfernt von hier eine Panne. Ist wohl nicht mein Glückstag heute.»

«Oh.» Breda wusste nicht, was sie darauf sagen sollte. «Weshalb waren Sie denn so lange fort?», fragte sie ihn schließlich.

«Ich habe eine Ausbildung gemacht», erklärte er nicht ganz ohne Stolz.

«Was für eine Ausbildung denn?» Sie stellte genau die Frage, die er hören wollte, und das wusste Breda.

«Ich bin jetzt Polizist. Vielleicht gehe ich später einmal nach Amerika, um beim CIA zu arbeiten», verriet Louis und seine Augen leuchteten. Breda lächelte. «Weshalb lächeln Sie?», wollte er wissen.

«Ob Ihre Träume jemals in Erfüllung gehen werden?», überlegte sie.

«Das hoffe ich doch. Wo ein Wille ist, ist auch ein Weg. Wenn man hart daran arbeitet, steht einer Verwirklichung der Träume nichts mehr im Weg.» Louis klang überzeugt.

«Sie haben eine ziemlich positive Einstellung», bemerkte Breda.

«Aus Erfahrung. Wichtig ist, dass man sich Ziele setzt. Natürlich muss man an sich arbeiten, aber das Ergebnis lohnt sich.»

«Ziele...», meinte Breda halblaut und nickte. Ihre Gedanken waren bei Ares.

«Was haben Sie denn für Ziele in ihrem Leben oder Vorstellungen, wie es verlaufen soll?», fragte Louis.

Breda überlegte einen Moment, ob sie mit diesem Fremden überhaupt über ihr Leben sprechen wollte, entschied sich dann aber dafür. Wenn sie ihm zu viel verriet, konnte sie ihn immer noch zu ihrem Abendessen machen, bevor sie in Rissa ankamen.

«Ich hatte Ziele wie jeder andere auch. Einen Job, der Spaß macht, einen Mann, eine Familie ... mit einem Wort, ich wollte einfach nur glücklich sein.»

«Sie reden in der Vergangenheit», stellte Louis fest. «Was ist denn passiert?»

«Ich habe jemanden kennen gelernt und mich in ihn verliebt. Man kann sagen, dass er mir ein neues Leben geschenkt hat.» Sie versuchte die richtigen Worte zu finden, damit Louis auf keinen Fall Verdacht schöpfte. «Wir gründeten ... ja, man kann sagen, wir waren eine richtige Familie.» Breda stockte.

«Und dann?», hakte Louis neugierig nach.

«Dann hat er mich plötzlich von sich geschoben, so, als wollte er nie wieder etwas von mir wissen.»

«Was passierte mit den Kindern?»

«Was?» Breda wusste im ersten Moment nicht, wovon er sprach, erinnerte sich aber noch rechtzeitig. «Er hat uns alle fort geschickt.»

«Was hat er Ihnen denn zum Abschied gesagt?», erkundigte sich Louis einfühlsam.

«Er hat gesagt, dass er so bald wie möglich nachkommen würde, und sonst nichts.» Breda begann zu schniefen.

«Aber das bedeutet doch Gutes!», versuchte Louis sie aufzubauen.

«Und was bitteschön?» Aus dem Schniefen war ein Weinen geworden. Louis legte tröstend einen Arm um Breda.

«Ich meine damit, dass er sie vor etwas schützen wollte und sie deshalb mit den Kindern weggeschickt hat.»

«Meinen Sie?», fragte Breda und schöpfte Hoffnung. Aus diesem Blickwinkel hatte sie ihre Misere noch nicht betrachtet. Aber ja, so könnte es gewesen sein! Ares wollte sie nur vor dem Gast schützen, der in der Turmkammer eingezogen war. Aber weshalb? War er ein Mörder, ein Vampirkiller, ein Mädchenhändler? Oder ein alter Freund von ihm, mit dem Ares noch eine Rechnung zu begleichen hatte? Breda war sich nun sicher, dass der Schlüssel zu Ares' Geheimnis der seltsame Gast war. Er war es also, über den sie etwas herausfinden musste. Sie musste ihm nachschleichen und ihn bespitzeln, wo es nur ging. Aber wie sollte sie das anstellen? In die Burg konnte sie nicht, das Risiko von jemandem gesehen zu werden war zu groß. Alle Bewohner kannten sie, und vor allem war Ares auf der Burg! Nein, das konnte sie nicht wagen. Würde er sie sehen, blieb ihr nichts anderes übrig als nach Vermont zu fahren. Wenn es sein musste, würde er sie sogar persönlich dorthin bringen, nur um ganz sicher zu sein, dass sie nicht in Transsilvanien blieb.

«Geht es Ihnen gut?» Louis Stimme holte sie in die Gegenwart zurück.

«Ja danke. Wieso?»

«Sie haben so abwesend gewirkt», begründete Louis seine Frage.

«Es ist alles in bester Ordnung», versicherte Breda. «Sehen Sie, da vorne ist Rissa!» Sie zeigte nach Norden, wo die Lichter der Stadt glitzerten.

«Wunderschön.» Louis blieb stehen und betrachtete das Bild, das sich ihm bot, andächtig.

«Ja, Rissa ist sehr schön», pflichtete ihm Breda bei, auch sie beeindruckten die vielen Lichter und der gespenstische Nebel, der über den Dächern der Häuser und der ganzen Stadt lag. «Brauchen Sie meine Begleitung noch?», erkundigte sie sich.

«Ich dachte, Sie müssten auch in die Stadt?», sagte Louis erstaunt.

«Nein, ich muss zur Burg und die erreicht man schneller über Schleichwege von hinten herum als direkt durch die Stadt. So viel Zeit habe ich nicht», erklärte sie. Er nickte.

«Na dann, ich wünsche Ihnen noch viel Erfolg, was immer Sie auch vorhaben.»

«Danke, ich Ihnen auch.» Breda winkte Louis noch kurz, da er ebenfalls gewunken hatte, dann trennten sich ihre Wege. Louis ging mit dem Vorsatz, einmal Agent bei der CIA zu werden, Breda wollte Ares zurückzugewinnen.

^^V^^

Ares rannte durch den dunklen Wald. Er wich Bäumen aus, sprang über Wurzeln und hoffte, dass er bereits weit genug gelaufen war. Thomas und er waren tatsächlich wieder auf Kallustus' Bande gestoßen und angegriffen worden; diesmal war es wirklich so gewesen. Die Vampire hatten wohl nicht vergessen können, wie sie beim letzten Kampf zugerichtet worden waren, und so hatten sie auf Rache gesonnen. Thomas war nach Ares' ausdrücklicher Ermahnung nicht weggelaufen und hatte sich, genau wie Ares, tapfer geschlagen. Doch es war aussichtslos gewesen – die fünf hatten sich nicht verjagen lassen – und so war Ares und Thomas nur noch die Flucht geblieben. Sie hatten sich getrennt, und nun musste Ares drei und Thomas zwei Verfolger in die Irre führen. In vollem Lauf warf Ares einen Blick über die Schulter, doch die wütenden Vampire waren glücklicherweise verschwunden. Gerade wollte er wieder nach vorne schauen, da prallte er gegen etwas, das seiner Wucht nicht stand hielt und zu Boden geworfen wurde. Ares geriet selbst aus dem Gleichgewicht. Er begann zu schwanken, fing sich aber wieder. Überrascht sah er auf die Gestalt, die verwirrt vor ihm auf dem Boden saß, der durch die Schneeschmelze weich und morastig geworden war. Es war Domenico, der nun mit der Grazie, die er immer besaß, aufstand, und sich den Schmutz vom Gewand putzte.

«Hallo!», begrüßte ihn Ares etwas verlegen, das hatte wirklich nicht in seiner Absicht gelegen. Domenico sah ihn mit kristallenem Blick an.

«War das nötig?», wollte er wissen.

«Ähm ...» Ares fiel keine passende Antwort darauf ein. Was hätte er sagen sollen? Ja, ich habe es genau geplant? Was erwartete Domenico denn? Er sah in seine Augen und wusste die Antwort. Nichts. Er hatte mit dieser Aussage nur ausgedrückt, dass er etwas ungehalten über dieses Missgeschick war. Domenico gab Ares keine Schuld, er hätte ebenfalls auf den Weg achten können, stattdessen war er in Gedanken gewesen.

«Was tust du denn hier?» Eine völlig unnötige, blöde Frage, wie Ares feststellte, kurz nachdem er sie ausgesprochen hatte.

«Nachdenken.» Es schien, als würde Domenico auf alles eine Antwort haben, wenn er nur wollte.

«Über was denkst du nach?» Ares glaubte ein Lächeln auf Domenicos Zügen gesehen zu haben.

«Woher du all diese Wunden hast.» Domenico steckte die Hände in die Taschen seines Ledermantels und sah Ares abwartend an. Er musterte Ares' attraktives Gesicht genau.

«Oh!» Ares fuhr sich mit den Fingerspitzen über die rechte Wange. «Ich hatte einen kleinen Zusammenstoß mit diesen ... wüsten Kerlen», erklärte er und nickte zur Bekräftigung seiner Worte.

«Hm, und wo sind sie jetzt?» Domenico blickte interessiert an Ares vorbei in die dunkle Nacht.

«Dort hinten.» Ares deutete hinter sich. «Oder hinter Thomas her.» Er konnte sich ein Lächeln nicht verkneifen.

«Was hat Thomas denn mit denen zu tun? Ich dachte es wäre dein Kampf.» Domenico ging langsam den Weg weiter und Ares schloss sich ihm an. Domenico wirkte unglaublich ausgeglichen und zufrieden, aber Ares konnte nicht feststellen, ob er sich tatsächlich so fühlte. Seine Ausstrahlung wirkte jedenfalls auf Ares, auch er wurde ruhiger und fühlte sich wohl an der Seite seines jungen Gefährten.

«Thomas war auch das letzte Mal dabei, als ich auf die Bande traf, nur hat er sich damals noch rechtzeitig verzupft, um nicht mitkämpfen zu müssen. Aber heute ist er geblieben. Etwas Courage hat er ja doch, der Kleine», erklärte Ares. Domenico nickte nur, sagte aber nichts darauf. Ares wartete, er wusste, dass Domenico früher oder später etwas sagen würde. Und das tat er auch.

«Was hast du in meinem Zimmer getan?» Die Frage kam völlig unvermittelt für Ares.

«Glaub mir, das möchtest du nicht wissen», wich ihm Ares aus. Er konnte Domenico doch nicht erzählen, dass er ihm das Blut abgewaschen hatte. Domenico würde ihn für pervers, verrückt, abartig und für wer weiß was noch halten!

«Sag es mir!», forderte Domenico noch immer beherrscht.

«Nein», hielt Ares zu seinem eigenen Schutz dagegen. Er fragte gar nicht, woher Domenico wusste, dass er in seinem Zimmer gewesen war, er schien ohnehin alles zu wissen.

«Du hast doch nichts Schlimmes getan ...?», hoffte Domenico.

«Nein.» Dessen war sich Ares sicher, obwohl er nicht genau wusste, was Domenico unter ‚schlimm' verstand. Domenico seufzte leise.

«Bin ich dir so ausgeliefert?» Seine Stimme klang enttäuscht.

«Was meinst du ...?», fragte Ares erschrocken. Wusste Domenico denn nicht, wie sehr er ihn in der Hand hatte?

«Du kommst in mein Zimmer, während ich schlafe, und sagst mir nachher nicht einmal, was du getan hast. Hattest du denn das Recht dazu? Kannst du so über mich bestimmen?» Domenico schien traurig zu sein.

«Nein.» Langsam dämmerte es Ares, auf was Domenico hinauswollte, und er fühlte sich wie ein kleines Kind, das beim

Stehlen von Schokolade erwischt worden war. Irgendwie tat es ihm gut: Domenico war immer der, der ihn ans Licht führte, der ihn darauf hinwies, was richtig und was falsch war, und der ihn rettete, wenn Ares drohte zu tief zu sinken. «Ich hätte es dich wissen lassen sollen», sah Ares seinen Fehler ein.

«Hättest du», bestätigte Domenico und sah auf den Weg. Seine Haare fielen schützend vor sein Gesicht, und Ares konnte nicht sehen, was er in diesem Moment fühlte. Es wurde still zwischen ihnen, schweigend gingen sie nebeneinander her. Plötzlich brach Stella aus dem Gebüsch, und Ares zuckte erschrocken zusammen. Stella war auf der Jagd gewesen und nun mit sich selbst und der Welt zufrieden zurückgekehrt. Morgen würde sie wieder ein Mensch sein! Domenico strich über ihr seidiges Fell und klopfte ihr sorgsam den Staub vom Rücken.

«Wie hast du sie gefunden?», fragte Ares.

«Sie hat mich gefunden.»

«Alleine?»

«Nein, das ganze Rudel, von Zeit zu Zeit begleiten sie mich alle.» Domenico machte eine kurze Pause und sah auf Stella hinab.

«Nur Stella schafft es nicht, mich alleine zu lassen. Sie glaubt wahrscheinlich, mich immer beschützen zu müssen.» Er schüttelte mit einem feinen Lächeln auf den Lippen den Kopf. Ares nickte, er konnte die Wölfin gut verstehen. Es war schwer, Domenico gehen zu lassen; man wusste nie, ob er jemals wieder zurückkam.

«Es muss schön sein, so einen stillen Freund zu haben», überlegte Ares.

«Es ist immer schön, Freunde zu haben.» Domenicos Blick war aufrichtig, er sah genau in Ares' Augen. Ares brach mit Mühe den Blickkontakt und sah zu Stella, deren gelbe Augen funkelten.

«Du siehst mich als deinen Freund?», fragte Ares leise.

«Leg es aus, wie du willst.» Domenicos Stimme klang neutral und sein Blick lag wieder auf dem Weg vor sich. Ares fühlte sich weggestoßen. Er war zu weit gegangen. Bei Domenico musste man vorsichtig sein, das sollte Ares mittlerweile wissen. Wenn er jetzt stehen bliebe, würde Domenico einfach weitergehen, das wusste Ares genau. Domenico brauchte ihn nicht, konnte völlig ohne ihn existieren, ohne auch nur einen Gedanken an ihn zu verschwenden. Das war hart für Ares, hart zu merken, dass Domenico stärker war als er selbst, unabhängiger und nicht kein Sklave seiner eigenen Leidenschaft. Ares konnte nicht wissen, dass er und Domenico gar nicht so verschieden waren. Es hatte nur jeder von ihnen seine eigene Art und Weise, es vor dem anderen zu verbergen.

Als sie wieder zurück in der Burg waren, blieben sie noch kurz vor Ares' Suite stehen.

«Du solltest dir Gesicht und Hände waschen», bemerkte Domenico. «Du bist voller Blut.» Mit diesen Worten ging er die Treppe in den Turm hinauf und ließ Ares sprachlos zurück.

^^V^^

Als Domenico erwachte, drehte er sich noch einmal um und versuchte weiterzuschlafen, aber es gelang ihm nicht. Er musste aufstehen, hinaus in die Kälte und jagen; sein Instinkt trieb ihn dazu. Widerwillig setzte er sich im Bett auf und sah Stella, die in menschlicher Gestalt auf dem Fußboden lag und schlief. Domenico legte seine Decke über ihren wunderschönen, nackten Körper, damit sie nicht fror, und stand auf. Behutsam hob er sie auf das weiche Bett, und Stella räkelte sich im Schlaf. Domenico ließ sie schlafen; er wusste, dass sie in der ersten Nacht nach der Verwandlung nie hinausging. Sie brauchte Ruhe, damit sich ihr Körper völlig auf die veränderten Umstände einstellen konnte. Als Domenico durch das Fenster die Burg verließ und sich in Richtung Wald entfernte, bemerkte er, dass ihm jemand folgte.

Er führte den ungebetenen Begleiter in einen Hinterhalt und stellte ihn dort.

«Was hast du mit Ares zu tun?», fragte Breda verblüfft als sie Domenico erkannte.

«Ich dachte mir, dass du es bist», entgegnete er. «Untersteh dich, mir jemals wieder zu folgen», wies er sie zurecht. Sie sah ihn zunächst widerspenstig an, aber dann überwog doch die Angst angesichts Domenicos eindeutiger Worte.

«Gut», versprach sie schließlich, «aber sag mir bitte, was zwischen dir und Ares läuft!», forderte sie ihn auf.

«Nichts. Wir kennen uns, das ist alles», antwortete Domenico. «Du bist doch sein Mädchen, da frag ihn doch am besten selbst», schlug er ihr vor.

Für einen kurzen Moment zog sie tatsächlich in Erwägung, Ares zur Rede zu stellen, verwarf den Plan aber schnell wieder.

«Das kann ich nicht.»

«Dann tu es nicht. Angenehme Nacht noch!» Noch bevor ihn Breda davon abhalten konnte, war Domenico schon verschwunden. Sie hätte gerne noch mit ihm gesprochen; seine Gegenwart schien alle Probleme nichtig werden zu lassen.

Domenico war froh, wieder alleine zu sein. Lange würde er hier nicht mehr bleiben, es zog ihn in die Stadt und ans Meer zurück. Das Leben hier erschien ihm seltsam: Es war, als würden zwei verschiedene Zeitalter aufeinander prallen. Einerseits fühlte man sich um hunderte von Jahren zurückversetzt, andererseits war die Gegenwart mit all ihren Eigenheiten und Erfindungen immer und überall präsent. Domenico sehnte sich nach wärmerem Klima, lauem Wind, warmem Wasser und Sand, nach verträumten Friedhöfen, ausgehöhlten Kürbissen und der Anonymität der Großstädte. Zu viele Vampire verwirrten ihn und gaben ihm ein Gefühl von Bedrängnis und Unsicherheit. Solange Stella noch ihre menschliche Gestalt hatte, würde er noch auf der Burg ausharren, danach würde er in die Zivilisation zurückkehren. Domenico stillte seinen Hunger, dann kehrte er wieder um. Er hatte keine Lust, durch den Wald zu spazieren und die mondlose Nacht zu genießen, er wollte nur noch schlafen.

Als er sein Zimmer betrat, war Stella bereits wach und angezogen. Sie trug ein weißes, schlichtes Kleid, passend zu ihren Haaren, jedoch in starkem Kontrast zu ihrer Hautfarbe, die einen matten bräunlichen Ton hatte.

«Domenico!» Ihre Stimme klang sehnsüchtig. Übermütig fiel sie ihrem Gefährten um den Hals. Domenico schob sie rasch von sich und sie trat, an seine Eigenart erinnert, einen Schritt zurück. «Tut mir Leid.»

«Ist schon gut», beruhigte er sie. «Wie fühlst du dich?»

«Großartig!» Stella drehte sich und der Rock ihres Kleides wirbelte herum. Domenico nickte leicht lächelnd.

«Wie kommst du damit zurecht?» Stella blieb stehen, lächelte und setzte sich neben ihn auf das Bett.

«Es hat auch seine Vorteile, ein Wolf zu sein. Es ist wie beim Karneval in Venedig. Niemand weiß, wer man in Wirklichkeit ist.» Sie sah durchs Fenster in die Nacht hinaus. «Und doch ist es wunderbar, wieder ein Mensch zu sein.» Domenico nickte teilnahmslos. Stella betrachtete ihn eingehend: «Du denkst über deinen Gefährten Ares nach, nicht wahr?» Sie spürte es, wenn mit Domenico etwas nicht stimmte.

«Ja.» Domenico strich sich die blauschwarzen Haarsträhnen aus dem Gesicht, die seine Sicht beeinträchtigten, und ließ sich rückwärts aufs Bett fallen. So konnte er an die Decke starren und möglicherweise eine Antwort auf die Frage finden, die ihn so sehr beschäftigte. Stellas Blick lag liebevoll und wissend auf ihm.

«Du grübelst darüber nach, was er in deinem Zimmer gewollt hat, oder?» Sie legte sich neben ihn auf die andere Seite des Bettes und betrachtete ebenfalls die Decke. Domenico hatte sie zuerst gar nicht gehört, rief sich dann aber das Gesagte wieder in Erinnerung und sah Stella an.

«Hast du es gesehen?», fragte er nach einer Weile.

In Stellas Blick lag Güte und Verständnis für Ares.

«Ja.» Ihre Stimme klang leicht und zart.

«Was hat er getan?», wollte Domenico wissen. Er wirkte ruhig, vielleicht etwas verletzt und ziellos.

«Er hat ...» Sie blickte zu ihm hinüber und zögerte, doch Domenicos Blick war fordernd. Sie wusste, dass er mehr als jeder andere das Recht hatte zu erfahren, was in jener Nacht vor sich gegangen war. Sie versuchte, die richtigen Worte zu finden: «Er hat das Blut von deinem Gesicht und deinen Händen gewaschen und die Wunden gereinigt und versorgt.»

«Was?» Domenico setzte sich auf. Stella blieb liegen und sah ihn an.

«Ja», bestätigte sie.

«Weshalb hat er das getan?» Domenico machte einen entrüsteten Eindruck.

«Hättest du denn daran gedacht?» Nun setzte sich auch Stella auf. «Dein Kopf war doch wieder voll von Gedanken, die sich um tausend andere Dinge drehten, nur nicht um dich ... und schon gar nicht um dein Aussehen.» Domenico sah zu ihr.

«Warum schleicht er sich in mein Zimmer, wenn ich schlafe?»

«Hättest du zugelassen, dass er dich berührt?» Stella wirkte auf Domenico wie ein Gewissen, wie die kluge Seite, die einem immer wieder die Wahrheit vor Augen führt. Nein, Domenico hätte es nicht zugelassen, er hätte Ares' Berührungen nicht ertragen, so wie er von niemandem eine Berührung ertrug. «Versuche ihn doch zu verstehen!», sagte Stella mit einfühlsamer Stimme. «Ich habe nie jemanden gesehen, der einen anderen mit so viel Vorsicht, Feingefühl und Behutsamkeit berührt hat», sprach sie weiter. «Er wollte dich nicht verletzen, deinen Körper nicht und schon gar nicht deine Seele.» Domenico betrachtete seine Fingernägel, schüttelte den Kopf und lehnte ihn gegen den schmiedeeisernen Bettpfosten. Er wollte es nicht wahrhaben, wünschte sich, dass es nie passiert wäre. Es war ihm, als hätte Ares ein Stück seines Innersten gesehen und an sich genommen. Er hatte sein Vertrauen verletzt.

«Domenico, glaub mir, du liegst Ares' am Herzen», meinte Stella.

«Ares hat kein Herz!» Domenico stand auf und begann im Zimmer auf und ab zu wandern.

«Genauso viel oder wenig wie du», bemerkte Stella und sah ihm nach, wie er unruhig hin und her ging. Domenico blieb stehen und legte unwillkürlich seine linke Hand an die Stelle, wo früher sein Herz geschlagen hatte. Nichts rührte sich in seiner Brust. Stille.

«Aber es ist tot! Wie kommt es, dass man dann noch etwas fühlt?»

«Die Gefühle gehen von deinem Geist aus, nicht von deinem Herzen. Du kannst sehr impulsiv und leidenschaftlich sein, Domenico, wenn du es zulässt. Egal, ob dein Herz schlägt oder nicht», erklärte Stella und es klang einleuchtend. Domenico senkte den Kopf, er fühlte sich kraftlos und müde.

«Stella, woher weißt du das alles?», fragte er leise ohne aufzusehen.

«Nun, ich lebe schon eine Weile, ... aber nicht ewig», fügte sie nachdenklich hinzu.

«Du wirst sterben?» Nun sah er sie an, entsetzt und mit einer Spur von Angst.

«Ja, nur weil ich mich nicht mehr verändere, bedeutet das nicht, dass ich nicht älter werde. Es ist nicht so wie bei euch Vampiren.» Sie klang traurig, schien sich aber bereits mit ihrem Schicksal abgefunden zu haben.

«Wie alt bist du?» Er überlegte, wie viel Zeit sie noch miteinander würden verbringen können.

«Zu alt, Domenico. Oft werde ich nicht mehr ein Mensch sein.» Stella wischte sich mit dem Handrücken über die Augen. Domenico konnte nicht erkennen, ob sie sich Tränen wegwischte oder bloß müde war. Er legte die Hände an seine Oberarme, so als wollte er sich selbst festhalten und wärmen, und sah auf Stella, die in ihrem weißen Kleid ruhig und anmutig auf dem Bett saß.

«Ich dachte, du lebst ewig.» Es war nur noch ein Flüstern, das aus seinem Mund kam.

«Nein, das ist uns nicht vergönnt.» Sie sprach für alle Werwölfe. Domenico sah traurig zu Boden. Er wollte nicht, dass sie starb.

«Stella», sagte er, ging vor ihr in die Hocke, die Arme wieder gelöst, um besser das Gleichgewicht halten zu können, und sah zu ihr hoch, «lebe dein Leben. Ich bin mir sicher, dass dir noch viele Jahre bleiben.»

Sie lächelte.

«Wenn du es sagst.» Er ließ es zu, dass sie ihm die Haare aus der Stirn strich, um sein schönes Gesicht ganz sehen zu können. Seine Augen hatten einen dunklen Glanz. «Wirst du mich in Erinnerung behalten?», fragte sie sanft.

«Natürlich.» Domenico wusste nicht, worauf sie hinauswollte. Stella stand auf, ging an Domenico vorbei, der sich, als sie beim Fenster stand und ihm den Rücken zukehrte, ebenfalls erhob. «Domenico», sie drehte sich um und blickte ihn eindringlich an, «gib Ares eine Chance.» Domenico sah einen Moment zu Boden. Als er wieder aufsah, war Stella weg.

«Stella!» Er stürzte zum Fenster und sah hinunter. Zwanzig Meter unter ihm lag ihr Körper, verdreht und regungslos. Domenico zögerte keinen Augenblick und folgte ihr auf dem gleichen Weg. Sanft kam er neben ihr auf, kniete nieder und nahm ihre Hand in seine. «Stella!», flüsterte er flehentlich, in der innigen Hoffnung, sie würde noch leben.

Sie schlug ihre gelben Augen auf und sah ihn mit einem warmen Glühen an.

«Ich bin glücklich», hauchte sie mit letzter Kraft, dann brach ihr Blick. Domenico sah sie in gebannter Apathie an und vor Entsetzen vergaß er für einen Augenblick zu atmen. Ohne einen Ausdruck von Gefühl rannen kleine Bäche von Tränen über seine Wangen.

«Stella ...» Seine Stimme war nur ein tonloses, kratziges Flüstern. Gerade hatte er seine einzige Freundin verloren. Sie war jemand gewesen, mit dem er über alles reden konnte, was ihn bewegte, ohne fürchten zu müssen, dass er zu viel von sich preisgab. Nun lag sie tot vor ihm mit trübem Blick. Domenico schloss ihr die Augen. War er schuld gewesen an ihrem Tod? Hatte er sie dazu getrieben? Durch seine Fragen? Durch seinen Eigensinn? Er wünschte sich, er hätte nie etwas gesagt, dann würde sie noch leben. Aus Domenicos stummem Weinen wurde ein leises Schluchzen. Behutsam hob er Stella hoch, um sie dorthin zu bringen, wo sie sich wohl gefühlt hatte und hingehörte – zu ihrem Rudel.

^^V^^

Ares war inzwischen aufgebrochen, um Domenico zu suchen, und da er sich nicht in seinem Turmzimmer befunden hatte, vermutete ihn Ares im Wald. Er traf dort jedoch nicht auf seinen Gefährten, sondern auf Breda, die völlig entgeistert auf ihn zukam, auf der Suche nach Ansprache und Schutz. Dass sie Angst hatte, war nicht zu übersehen.

«Ares!», rief sie erleichtert, als sie ihn erkannte.

«Was tust du hier, Breda?» Ares war vom ersten Augenblick an ungehalten.

«Das ist jetzt völlig egal. Ares, dort hinten liegen zwei Leichen!» Sie nahm ihn beim Arm und zog ihn mit sich. Als sie ein Stück vom Weg entfernt wieder stehen blieb, blickte Ares auf die fauligen Überreste zweier Menschen. Man konnte nicht mehr feststellen, welches Geschlecht sie gehabt hatten; ihre Körper waren beinahe bis auf die Knochen abgefressen. Ares wusste trotzdem, um wen es sich handelte. Wer sie aber so zugerichtet hatte, darüber konnte er nur wage Vermutungen anstellen. Diese Bande rund um Kallustus Wilson schien noch grausamer und gefährlicher zu sein, als er gedacht hatte. Plötzlich war ihm unangenehm zumute und ihm wurde schlecht bei dem Gedanken daran, dass Domenico alleine durch den Wald streifte. Als ihm einfiel, dass die Wölfe ihr Leben für Domenico geben würden, genau wie er selbst auch, wurde er etwas ruhiger und befahl Breda, sich in die Nähe der Burg zu begeben. Breda hielt sich an Ares' Arm fest und sah sich immer wieder ängstlich um. Ares überlegte, ob sie einfach nur nach Instinkt handelte oder sich tatsächlich bewusst war, was Vampire einander antun konnten, und so zurecht Angst hatte.

«Was waren das für Leichen?», fragte Breda zaghaft.

«Die eine Leiche ist Anna. Du erinnerst dich doch?»

«Was, sie ist gestorben?»

«Sie ist einem der Unsrigen zum Opfer gefallen, genauso wie ihr Lover Wilson. Thomas hat die beiden gütigerweise begraben.» Nachdem er Wilson den Schädel eingeschlagen hatte, dachte Ares grimmig – für Morde aus bloßer Eifersucht hatte er kein Verständnis.

«Und weshalb liegen sie dann hier zerfressen im Wald herum?» Breda klammerte sich noch immer an Ares' Arm fest.

«Weil es eine Bande von verrückten Vampiren hier im Wald gibt», antwortete Ares aufrichtig. Sie sollte sich ruhig ein bisschen fürchten. «Aber nun zu einem anderen Thema, das mich sehr interessiert: Weshalb bist du noch hier?», fragte Ares mit strenger Stimme.

«Ich wollte dich nicht alleine lassen, es ist doch etwas los mit dir!», antwortete Breda.

«Nichts ist los mit mir», wehrte Ares ab und sah zu den Baumkronen hinauf, von denen vereinzelt Schmelzwasser tropfte.

«Ares, ich kenne dich, du hast uns nicht umsonst fortgeschickt», unterstellte ihm Breda. Ares antwortete nicht. «Ich weiß auch, dass dein Verhalten etwas mit dem Vampir mit den türkisen Augen zu tun hat», sprach sie weiter. Ares sah sie an. Woher kannte sie Domenico? «Da staunst du, was ich alles weiß!», triumphierte sie. Ihr war Ares' Veränderung aufgefallen.

«Allerdings. Was hast du mit ihm zu schaffen?», wollte er wissen.

«Nicht viel, aber genug um zu wissen, dass er der Grund ist, weshalb wir nicht bei dir bleiben durften. Er ist so undurchschaubar. Ist er ein Mörder, der dir an den Kragen will, oder ein Mädchenhändler, der uns wollte? Erpresst er dich?»

«Du redest Scheiße!», schrie Ares; er konnte es nicht ertragen, wie sie über Domenico sprach. Sie kannte ihn nicht und maßte sich an, über ihn urteilen zu können. Was fiel ihr ein?

«Tue ich nicht! Irgendetwas verbirgt er hinter seinem Engelsgesicht!», wehrte sich Breda.

«Was hast du überhaupt für ein Problem?», fragte sie Ares.

«Ich habe Angst um dich, Angst, dass dir unter seinem Einfluss etwas passieren könnte», gab sie zu. Ares sah sie kopfschüttelnd an.

«Ich verspreche dir, ich bin nirgendwo sicherer als an Domenicos Seite.» Seine Stimme sprach aus seinem Innersten.

«Domenico?» Für einen Moment überrascht über diesen melodischen Namen voller Harmonie, fühlte sich Breda, als wäre ihr der Wind aus den Segeln genommen worden. «Du fühlst dich geborgen bei ihm?» Als gefühlvolles Wesen fand sie genau das richtige Wort, das Ares weder auszusprechen noch sich einzugestehen gewagt hatte. Er gab Breda keine Antwort, sie wusste bereits zu viel von ihm. «Was läuft da zwischen euch?», fragte sie weiter.

«Nichts.»

«Das hat er auch gesagt.»
Ares sah sie erschrocken an.
«Du hast ihn gefragt?»
«Sicher, weshalb nicht? Ich wollte schließlich wissen, wie ich dir helfen kann!»
«Du kannst mir nicht helfen!» Ares war zornig.
«Weshalb nicht? Ich konnte dir immer helfen! Wir haben so viel zusammen durchgestanden. Es war eine lange Zeit, die wir miteinander verbracht haben!», erinnerte ihn Breda.
«Was weißt du denn schon von der Zeit?», grollte Ares erbost. «Du hast absolut keine Ahnung von dem Leben, das ich geführt habe, bevor es dich gab!»
«Wie denn auch?», schrie Breda zurück. «Du hast nie etwas von dir erzählt, nie über dich gesprochen!» Sie waren mittlerweile stehen geblieben, um ihren verbalen Kampf ohne Ablenkung auszutragen.
«Ja, und du hast mein Verhalten für Liebe gehalten?» Ares Antwort war ernüchternd.
«Ich habe fest an dich geglaubt, Ares. Ich habe dir deine Freiheiten gelassen und dir nie Vorwürfe gemacht! Stacey, Lydia und alle anderen Frauen, mit denen du im Bett warst! Glaubst du, es ist einfach, das zu dulden?» Ares lachte.
«Richtig, du bist eine Märtyrerin! Großartig!» Sein Gesicht wurde wieder ernst und nahm einen drohenden Ausdruck an. «Meinst du etwa, wir führen eine Ehe? Hast du gedacht, dass du auch nur einen Funken Anspruch auf mich besitzt? Vergiss es! Mich kann man nicht besitzen!»
Breda sah ihn verstört an; das hatte sie nicht erwartet.
«Ich dachte immer, das mit uns wäre etwas Besonderes», stammelte sie.
«Nein, war es nicht! So, nun weißt du es!» Ares sagte ihr die Wahrheit, und es tat gut, sie nicht mehr belügen zu müssen und ihr nichts mehr vorzuspielen.
«Aber weshalb hast du mich dann an dich gebunden?» Breda war noch immer fassungslos.
Ares seufzte und zwang sich zur Ruhe, was ihm nicht ganz gelang.

«Was willst du hören?» Er sah sie ernst an.

«Die Wahrheit, Ares, sag mir einfach die Wahrheit», bat sie.

«Gut, wenn du es so willst.» Er holte Luft und begann zu sprechen. «Ich brauchte Ablenkung – ich hatte einen guten Freund verloren und wollte nicht alleine sein – und Sex. Ich liebe ihn und ich brauche ihn. Es war mir klar, dass ich eine Frau zu meiner Gefährtin machen musste. Da habe ich dich im Café gesehen. Du schienst die Richtige zu sein, um mir aus meiner Misere zu helfen.» Er schwieg eine Weile und sah Breda dabei zu, wie sie diese Information verarbeitete.

«Ich war für dich also nur Mittel zum Zweck?», fasste sie zusammen.

«Ich fürchte ja. Ich dachte du wüsstest das.»

«Hör auf zu lügen! Du hast von Anfang an gewusst, dass ich alles für dich tun würde!» Sie machte eine kleine Pause. «Weshalb musstest du mich verletzen?» Eine bleierne Traurigkeit hatte Besitz von ihr ergriffen, doch sie konnte nicht weinen; es schien, als wäre ihre Kehle zugeschnürt.

«Irgendjemand bleibt immer auf der Strecke, man muss nur darauf achten, dass man es nicht selbst ist», erklärte Ares kalt.

«Mir ist nie aufgefallen, wie arrogant und herzlos du sein kannst», bemerkte Breda schockiert.

Ares nahm ihre Hand und schob sie unter sein Hemd auf seine nackte Brust.

«Fühlst du etwas? Pochen, Klopfen, Pumpen? Ich sage dir, ich habe kein Herz!»

«Bei Domenico hast du es», stellte sie traurig fest.

«Hör auf mit diesem Unsinn!», fuhr er sie schroff an und ließ ihre Hand los. Er drehte sich um und wollte gehen, doch sie hielt ihn zurück.

«Was du mir auch jetzt alles gesagt hast, Ares, ich liebe dich!», rief sie. Ares blieb stehen, drehte sich um und ging zu ihr zurück.

«Liebe? Weißt du überhaupt, was Liebe ist?»

«Weißt du es denn?»

«Ich war einmal nahe daran zu erfahren, was es heißt, jemanden zu lieben. Aber bin ich mir sicher: Du warst es nicht, und du liebst mich auch nicht wirklich.»

«Doch!», schwor ihm Breda.

«Nein», Ares schüttelte den Kopf und zerstörte ihr all ihre Hoffnungen. «Wir sind nicht füreinander geschaffen. Geh und such dir einen anderen, dem du deine Liebe schenken kannst!», riet er ihr. Es hatte angefangen zu stürmen und man konnte sich nur noch schreiend verständigen.

«Das geht nicht!», beharrte Breda.

«Weshalb?»

«Er steht vor mir!»

Ares wurde wütend über ihre Sturheit, wütend darüber, dass er sich eingestehen musste, doch etwas für Breda zu empfinden, selbst wenn es nur Freundschaft war.

«Geh weg!», schrie er sie an. «Ich hasse dich, ich ertrage deinen Anblick nicht und ich will dein Gesicht nie, nie wiedersehen!» Aus dem Schreien war ein Brüllen geworden, ohne das man den starken Sturm nicht durchdringen konnte. «Verschwinde!» Er drehte sich um und ging endgültig. Breda sah ihm nach. Sein Ledermantel wehte im Wind, der Sturm spielte mit seinen langen, schwarzen Haaren und ein letztes Mal sah sie seinen schlanken, durchtrainierten Körper. Sie fühlte sich alleine, betrogen und verloren.

«Ich verzeihe dir!», rief sie Ares nach, doch sie wusste nicht, ob er sie gehört hatte. Der Hass, den sie einen Moment lang für ihn empfunden hatte, wurde nebensächlich, ihre Liebe zu ihm war stärker. Breda fühlte, dass ihr Leben ohne Ares keinen Sinn machte.

^^V^^

Domenico kehrte vom Wolfsrudel zurück und ließ sich ausschließlich von seinem Instinkt wieder zur Burg leiten. Er sah nichts, wollte nichts sehen, hörte nichts, wollte nichts hören. Immer wieder fragte er sich, ob Stella noch leben würde, wenn er den Mund gehalten hätte. Es begann ganz plötzlich zu schneien und die dicken Schneeflocken hüllten Domenico in einen schützenden Mantel, der es nicht zuließ, weiter als einen Meter zu sehen. Domenico begann bitterlich zu frieren; es war, als hätte Stella mit ihrem Tod eine wärmende Decke von ihm genommen. Er spürte die immer währende Kälte wieder intensiver und wurde sich bewusst, dass es s e i n e Schneeflocken waren, die da in Massen vom Himmel fielen. Bald war die Landschaft wieder mit einer weißen Decke überzogen und das Tauwetter der letzten Tage war damit völlig unnütz gewesen. Domenico stapfte durch den Schnee, seine verzweifelten, einsamen Gedanken bei Stella. Er hatte auf einmal kein Bedürfnis mehr weiterzugehen. Weshalb sollte er zurück zur Burg? Was sollte er da? Ares? Ares würde auch ohne ihn zurecht kommen. Er hatte ihn nie gebraucht und würde ihn auch jetzt nicht brauchen. Domenico ließ sich in den weichen Schnee fallen und sah den Schneeflocken zu. Kleine, kalte Sterne, die mit enormer Geschwindigkeit und in hoher Dichte auf ihn herab segelten. Stella war aus dem Fenster gesprungen. Sie war auch gesegelt. Domenico spürte einen leichten Stich, dort, wo einmal sein Herz geschlagen hatte. Schneeflocken fielen darauf und er fühlte nichts mehr. War sie aus Angst gesprungen? Aus Verzweiflung, weil sie dieses Leben nicht mehr leben wollte? Oder war sie wirklich glücklich gewesen, wie sie es gesagt hatte, und hatte den einzig richtigen Zeitpunkt erkannt, um ihr Dasein zu beenden. Ihre Existenz als treue Freundin. Er hätte sie noch gebraucht. Möglicherweise hatte sie aber festgestellt, dass es doch nicht mehr so war ... es vielleicht nie so gewesen war. Möglicherweise brauchte ihn Ares mehr, als er durchblicken ließ ... Vielleicht ...? Domenico war bald von einer leichten, luftigen Schneedecke überzogen und spürte, wie seine Gedanken einfroren.

Er wusste nicht, wie lange er im Schnee gelegen hatte, als er wieder zu sich kam. Aufgeschreckt wurde er durch einen lauten Schrei, in dem die ganze Seele eines Menschen, nein, eines Vampirs zu liegen schien. Der Schrei bestand aus einem einzigen Namen, der nicht nur Domenico, sondern auch alle Bewohner der Burg aufschrecken ließ: Ares! Domenico hatte keine Mühe den Namen zu erkennen, den Breda in den letzten Zügen ihres Lebens verzweifelt geschrien hatte. Er sprang auf und lief im schützenden Schatten der Bäume zum Waldrand. Die Sonne ging gerade auf. Er erkannte Breda, auf einer kleinen

Anhöhe stehend, mit ausgebreiteten Armen und zum Himmel gewandtem Gesicht. Domenicos Augen schmerzten durch die ungewohnte Helligkeit und er schloss sie einen Augenblick. Als er wieder zu Breda sah, erreichte sie gerade ein Sonnenstrahl und setzte sie langsam, aber tödlich in Brand. Zuerst stand Breda noch tapfer, in ihrem grünen Kleid, das im Licht der Sonne leuchtete, dann ergriff das züngelnde Feuer immer mehr Besitz von ihr, bis sie schließlich unter Schmerzen, aber stumm zusammenbrach. Die Flammen fraßen sie buchstäblich auf und hinterließen nur ein rauchendes Häufchen Asche. Domenico holte Luft, riss sich vom Anblick der Toten los und begann zu rennen. Erst jetzt war ihm klar geworden, wie schnell sein Leben zu Ende sein konnte, und die Annahme, das Blätterdach des Waldes wäre lichtundurchlässig genug, ihn zu schützen, bestätigte sich nicht wirklich. Er rettete sich in die Höhle, die er eine Zeit lang bewohnt hatte, und bemerkte erst dort, dass sein Gewand, seine Haare und seine Haut gerade erst dabei waren, wieder aufzutauen. Er musste einige Stunden im Schnee gelegen haben. Die Höhle war angenehm dunkel und wirkte beruhigend. Domenico dachte an Ares: Ob er gesehen hatte, wie Breda wegen ihm gestorben war? Er hatte noch nie etwas gesehen, was ihn so erschütterte. Domenico hatte Mühe seine Gedanken zu ordnen, zitterte und wollte eigentlich zur Ruhe kommen. Doch dies wollte ihm nur schwerlich gelingen. Breda musste Ares sehr geliebt haben, wenn sie sich für ihn verbrannt hatte. Oder hatte sie einfach nur dumm und unüberlegt gehandelt? Fragen jagten durch Domenicos Kopf und er spürte, dass er seinen eigenen Gedanken nicht mehr folgen konnte. Er ließ sich auf den Boden der Höhle fallen und wartete auf den erleichternden Schlaf, der ihn spät, aber schließlich doch einholte.

^^V^^

Ares hörte Bredas Schrei ebenfalls und spähte vorsichtig aus dem Fenster, er wollte die Sonne nicht sehen. Als er Breda auf dem Hügel stehen sah, bereit zu sterben, war sein erster Impuls gewesen, zu ihr zu laufen und sie von dort wegzuziehen, doch sein Instinkt hielt ihn zurück. Er würde genauso sterben wie sie, wenn er versuchte sie zu retten. So blieb ihm nichts anderes übrig als das erschreckende Schauspiel, das sich seinen Augen bot, am Fenster stehend mitzuverfolgen – solange, bis es kläglich zu Ende war.

«Breda!», schrie er in ihre Richtung. Sie hätte das nicht tun dürfen! So oft hatte er schon Menschen getötet, hatte gesehen, wie sie starben. Er hatte sogar schon gesehen, wie Vampire starben, aber es hatte sich noch nie ein Vampir seinetwegen das Leben genommen. Er wollte Breda zurückholen, wollte ihr sagen, dass es immer einen Ausweg gab, denn er wusste, dass er es nicht leicht ertragen würde zu wissen, dass der Tod eines Vampirs auf seinem Gewissen lastete. Ares wünschte sich, Domenico bei sich zu haben; alleine durch seine Gegenwart würde alles leichter werden. Er klopfte an die Zimmertür seines Gefährten, und als sich im Inneren nichts rührte, suchte er Zuflucht in Domenicos gewohnter Umgebung. Er legte sich an das Fußende des Bettes, rollte sich zusammen wie ein kleines Kind und versuchte Schlaf zu finden. Breda war nun nicht mehr, sie existierte nicht länger – das versuchte sich Ares vor Augen zu führen, doch sein Verstand sträubte sich dagegen. Wenn er das Haus in Vermont betrat, würden sie alle da sein: Lydia, Stacey und natürlich Breda, in einem smaragdgrünen Kleid. Strahlend schön und fröhlich, so wie er sie kannte. Sie würde ihn an sich drücken und ihm sagen, dass sie ihn liebte. Und er würde es genießen, von ihr umsorgt und abgelenkt zu werden. Sie würde... Bredas Bild verschwamm vor Ares' Augen. Sie war nicht mehr greifbar, verschwand aus seiner Reichweite, aus seinem Leben. In dem Moment, als er begriff, dass er sie nie wieder berühren, riechen, schmecken würde, war ihm auch klar, dass er nie wieder nach Vermont zurückkehren würde. Ihn ekelte dieses Leben an. Er wollte keine Frauen mehr um sich scharen, er wollte kein Geld, keinen Prunk und keinen Glamour mehr. Die Mädchen waren nichts als Schmuckstücke für den Snob in ihm gewesen. Er wollte sie nicht wiedersehen, nicht mehr haben; sie konnten bleiben, wo der Pfeffer wächst oder auch in Vermont, ganz wie es ihnen beliebte. Er wollte sein Leben neu beginnen, zurück in die Stadt gehen, am liebsten mit Domenico, dass alles so werden würde wie früher. Keine Verantwortung, keine Probleme. Er wollte einfach nur in den Tag, besser gesagt in die Nacht hinein leben. Er wollte wieder eine Frau oder einen Mann pro Nacht zu sich nehmen und frei sein, ohne Verpflichtungen und vor allem ohne Gefährtinnen, die ihm lästig werden konnten, sich umbrachten und ihm die Schuld dafür zuwiesen. Er verspürte keine Trauer mehr um Breda, nur noch Hass, Hass darauf, dass sie in ihm Schuldgefühle auslöste, ihn in ein finsteres Loch fallen ließ und damit dem Grund seines Innersten näher brachte. Und genau das hatte Ares bisher immer vermieden. Wäre sie jetzt bei ihm gewesen, hätte er sie geschüttelt, geohrfeigt und geprügelt, bis all seine Wut verraucht war. Das Ergebnis wäre das gleiche gewesen. Breda hätte seinen Angriff nie überlebt, sie wäre ihm ausgeliefert gewesen wie ein kleines Kind. Ares' Wut wuchs und wuchs, dennoch blieb er ganz ruhig liegen; er durfte in Domenicos Zimmer nichts zerstören, nicht einmal etwas berühren. Er atmete tief durch und hielt sich Domenicos Bild vor Augen, das entspannte ihn und stimmte ihn milder. Langsam verrauchte sein Zorn; vielleicht war es auch der Müdigkeit zuzuschreiben, die ihn übermannte. Er schlief ein, auf Domenicos Bett, in der Hoffnung, seiner einstiger Gefährte würde ihm helfen können, wenn er wieder zurückkam.

Domenico kam nicht. Als Ares aufwachte, war er immer noch alleine. Er wollte nicht aufstehen, fühlte sich schlecht. Langsam fiel ihm wieder ein, was vergangenen Morgen passiert war. Domenicos Bettwäsche roch gut, Ares wagte aber nicht, sich damit zuzudecken, um sich vor der nächtlichen Kälte zu schützen, die er selbst im geheizten Zimmer spürte. So lag er da, fror und überlegte, wie er mit Bredas Tod umgehen sollte. Schließlich kam er zu dem Schluss, sie einfach zu vergessen. Sie hätte sich früher oder später sowieso umgebracht. Ob es nun wegen ihm oder jemand anderem passiert war, spielte keine Rolle. Mit diesem Gedanken konnte Ares leben und war zufrieden. Dieses Thema war für ihn abgeschlossen. Die Tür öffnete sich und Domenico trat ein. Er wirkte unausgeschlafen und verloren. Ares stand rasch auf, als er Domenico sah, aber dieser schien gar nicht besonders überrascht zu sein. Domenico sah ihn lediglich mit müdem Blick an.

«Was tust du hier?» Selbst seine Stimme klang müde.

«Ich habe auf dich gewartet», antwortete Ares. Domenico ließ sich auf sein Bett fallen und kuschelte sich ins Kopfkissen.

«Es ist etwas passiert», begann Ares zu erzählen.

«Ich weiß, Breda ist tot.»

«Woher weißt du das?»

«Alle haben sie gehört, und ich ... ich habe sie auch gesehen.» Domenico schloss die Augen, er wollte nur Schlaf und Erholung für seine bevorstehende, weite Reise finden. Ares war still. Er konnte sich vorstellen, dass Domenico dieses Erlebnis schockiert hatte, und er es erst einmal verarbeiten musste. Er warf noch einen Blick auf ihn – Domenico mittlerweile eingeschlafen war – und verließ dann das Zimmer.

Er ging runter in die Halle, wo Thomas und Clarissa sich gerade angeregt unterhielten. Als sie seine Anwesenheit bemerkten, verstummten sie abrupt.

«Ich werde abreisen», verkündete Ares.

«Wann denn?», wollte Clarissa wissen.

«Morgen Abend», antwortete er.

«Was, Sie auch?»

«Was bedeutet auch?»

«Der Gast aus dem Turmzimmer hat mich gestern wissen lassen, dass er nicht länger bleiben wird.» Clarissa machte einen verwunderten Gesichtsausdruck.

«Wirklich? Tja, dann werden wohl zwei Zimmer frei. Wie geht es Britta?», wandte sich Ares an Thomas.

«Sie konnte gestern nicht schlafen, wegen des ... Vorfalls», erklärte Thomas etwas verlegen. Ares nickte.

«Es braucht Ihnen nicht peinlich zu sein, die ganze Schuld liegt bei mir.»

«Aber nein, sagen Sie das nicht, Herr Baron!», wandte Clarissa ein. «Wer solch ein Gemüt besitzt, das einen Hang zur Dramatik hat, findet jeden Anlass passend um sein Ziel zu erreichen.» Sie sagte damit genau das, was sich Ares gedacht hatte. Sie wäre ohnehin gestorben, die Ursache dafür war nicht ausschlaggebend.

«Lassen Sie den Schneider mit seiner Gehilfin nicht aus dem Haus, sonst fallen sie auch der durchgeknallten Bande in die Hände», riet Ares Clarissa, dann machte er sich auf zu einem der Bauerndörfer.

^^V^^

Domenico reiste am nächsten Abend früh ab. Als sich Ares ihm anschloss, war es klar, dass er ihn nicht wegschicken würde. Domenico nahm es kommentarlos hin, seinen Gefährten wieder bei sich zu haben. Ihm war klar gewesen, dass sie wieder zueinander finden würden.

Sie nahmen ein Flugzeug nach Italien und fanden sich in der Toscana wieder. Ares genoss die Ruhe und den lauen Wind. Es überraschte ihn, wie sehr ihm der Frühling gefiel. Er hatte ihm immer gefallen, damals, als er noch ein Mensch gewesen war. Das Blühen der Bäume und Blumen, das frische Grün und die Wärme nach dem Winter gaben ihm neue Kraft, Lebensfreude und Übermut.

«Hey Domenico! Weißt du was? Wir werden jetzt Pizzaköche, die nur nachts arbeiten, oder Weinbauern oder ...», rief Ares freudig. Domenico sah ihn zweifelnd an.

«Ich glaube nicht, dass wir gut genug sind, um Köche oder Winzer zu werden. Was verstehen wir schon von Nahrungsmitteln?» Ares grinste.

«Nichts. Aber versuchen könnten wir es doch! Wir haben ja nichts zu verlieren! Was kann uns schon passieren?»

«Tu, was dir Freude macht», riet ihm Domenico.

«Wir werden eine Wohnung brauchen», überlegte Ares und sah sich um.

«Wie wär's mit dieser Kirche?» Domenico wies mit einer Kopfbewegung auf das Gebäude hinter Ares. Sie gingen etwas näher darauf zu.

«Findest du es nicht ein bisschen pervers, wenn wir bei Kreuzen Zuflucht suchen?», bemerkte Ares skeptisch. Domenico war wenig beeindruckt.

«Ich fürchte mich nicht vor Kirchen, Kreuzen und Heiligenfiguren. Was uns Vampire nicht umbringt macht uns nur noch stärker.» Er ging weiter und betrat die Kirche.

Sie war auf drei Ebenen aufgebaut. Auf der Mittleren kam man herein, eine Ebene höher war die Orgel und ganz unten befanden sich die Kirchenbänke und einige Seitenräume. Domenico fühlte sich wohl und da er vorhatte zu bleiben, sah er sich nach einem Unterschlupf um. Ganz oben an der Decke schien es einen Zugang zu einer versteckten Dachkammer zu geben; wenn sie sich dorthin zurückzogen, würde sie niemand entdecken. Domenico kletterte gewandt hinauf. Ares sah ihm nach.

«Ich hätte nie gedacht, dass ich mich einmal in einer Kirche wiederfinden würde», murmelte er kopfschüttelnd und nahm dann den gleichen Weg wie sein Gefährte hinauf in den neuen Unterschlupf. Oben angekommen sah er sich um. Es handelte sich um einen alten Dachboden, auf dem Gerümpel, unter anderem alte Bücher und Orgelpfeifen, herumlag.

«Und hier gefällt's dir?», fragte Ares.

«Das ist nicht relevant, es dient unserem Zweck. Ein besseres Versteck kann es nicht geben», meinte Domenico. Ares nickte.

«Da magst du Recht haben. Ich weiß nur nicht, ob ich es lange hier aushalte.»

«Das musst du auch nicht.» Ares hatte keine andere Antwort von Domenico erwartet.

«Ich bin müde.» Ares ging zu der offenen Stelle der Dachkammer und sah über ein hölzernes Geländer in das Kirchenschiff hinab. Hunger hatte er keinen. Der Taxifahrer war ihm und Domenico zum Opfer gefallen.

«Hey», rief er seinem Gefährten leise zu, «sieh dir das an!» Domenico trat an seine Seite und folgte Ares' Blick. Der helle Schein einer Kerze wanderte durch die Kirche. Ein Mensch hätte den Träger der Kerze in der Dunkelheit nicht erkannt, doch für die Vampire war es ein Leichtes, seine Züge zu studieren. Es handelte sich um einen großen, hageren Mann in den Gewändern eines Geistlichen.

«Ein Padre wandert durch die Kirche, na und?», bemerkte Domenico.

«Um drei Uhr früh?» Ares schüttelte den Kopf. «Hier stimmt etwas nicht.»

«Meinst du?» Domenico lehnte sich weiter über das Geländer, um den Padre besser beobachten zu können. Ares' Hartnäckigkeit hatte seine Neugier geweckt. «Was hat er wohl vor?», überlegte er mit gedämpfter Stimme.

«Das finden wir heraus.» Ares verschwand durch den Ausgang der Dachkammer und schlich die schmale Wendeltreppe in das Kirchenschiff hinab. Domenico folgte ihm. Leise sprangen sie über die Absperrung am Ende der Treppe, die verhindern sollte, dass Unbefugte die Dachkammer betraten.

«Ich bin als Spion ungeeignet», bemerkte Domenico leise.

«Unsinn, jeder Vampir verfügt über einen guten Spürsinn und auch sonst über beste Voraussetzungen, Verbrecher zu dingfest zu machen», widersprach ihm Ares.

«Verbrecher?», fragte Domenico überrascht zurück. Was vermutete Ares denn? So seltsam es auch war, dass sie nun zusammen durch die nächtliche Kirche schlichen, um einen alten Padre zu belauschen, es lenkte Domenicos Gedanken weg von Stellas Tod und machte ihm fast ein wenig Spaß. Perfekt getarnt durch ihre schwarze Kleidung huschten sie durch die Dunkelheit, immer dem Kerzenschein nach. Lediglich ihre weiße Haut schimmerte etwas im schwachen Licht – in den Augen eines Mensch nicht mehr als helle Stellen in der Finsternis, optische Täuschungen. Der Padre ging in einen der Seitenräume, in die man von der unteren Ebene aus gelangte. Ares und Domenico folgten ihm und spähten um die Ecke in den Raum. Der Padre ging gerade auf einen Mann zu, der auf einer Bank an der Wand saß und anscheinend schon auf ihn wartete.

«Glaubst du, er hat gehört, dass wir hereingekommen sind?», wandte sich Ares flüsternd an Domenico. Dieser schüttelte den Kopf und wies auf die Türe an der hinteren Wand des Raumes.

«Nein, die Kirche war leer, als wir sie betreten haben. Der Mann muss erst vor kurzem gekommen sein; er ist ja noch außer Atem.»

Ares nickte. Domenicos Beobachtungen stimmten. «Gut, dass Sie Zeit für mich haben, Padre», begann der Mann zu sprechen.

«Für meine Schäfchen habe ich immer Zeit.» Der Padre setzte sich zu dem Mann und stellte die Kerze auf den Boden.

«Es geht um meinen Sohn. Wenn er die wunderschöne Maria bekäme, sie sich kennen und lieben lernen würden, wäre ich bereit, mich erkenntlich zu zeigen.»

Das Gesicht des Geistlichen, das zunächst angespannt und konzentriert gewirkt hatte, hellte sich merklich auf.

«Was schwebt Ihnen vor, Claudio?», erkundigte er sich interessiert.

«Sie hatten Maria doch eine Zeit lang im Konfirmationsunterricht; ich dachte Sie könnten die beiden doch miteinander ... bekannt machen ...», schlug Claudio zaghaft vor.

«Das ist aber nicht einfach, ich habe seit Jahren nichts mehr mit ihr zu tun gehabt», warf der Padre ein.

«Nun, ich hätte da eine größere Summe, die ich der Kirche spenden möchte ...» Claudio lehnte sich zum Padre und flüsterte ihm etwas ins Ohr.

«Oh ja, wenn das so ist, lässt sich bestimmt etwas machen», meinte der Padre erfreut.

«Wenn es eine Hochzeit gibt, bekommt Ihre Kirche eine neue Orgel», brachte Claudio seinen Wunsch zum Ausdruck, «und vielleicht einen neuen Altar.» Der Padre nickte.

«Gewiss, Maria ist ein liebenswürdiges Mädchen und ihr Sohn Alessandro ist auch ein netter Kerl. Sie werden bestimmt zueinander finden. Gottes Wege sind wunderbar.»

«Grazie, Padre.» Claudio stand auf und schüttelte dem Kirchenmann die Hand. Domenico und Ares huschten in eine andere Ecke, um keinem der Männer zu begegnen. Als der Mann und kurz darauf auch der Geistliche die Kirche verlassen hatten, blickte Ares zu Domenico und meinte:

«Was hältst du davon?»

«Hm ...» Domenico hob die Schultern. «Es geht um eine Eheschließung, und wie es aussieht, ist der Padre bestechlich. Ich verstehe nur nicht, dass die zwei glauben, Liebe erzwingen zu können.»

«Man muss doch nicht verliebt sein, um zu heiraten!» Ares setzte sich auf eine der Kirchenbänke.

«Aber heutzutage verheiraten die Eltern ihre Kinder nicht mehr, ohne sie zu fragen. Das lässt sich doch kein junger Mensch mehr bieten. Wer hört schon auf seine Eltern?», sagte Domenico entrüstet.

Ares sah ihn an.

«Hättest du das deine Eltern mit dir machen lassen?», fragte er ihn.

«Niemals. Meine Mutter wäre niemals auf so eine Idee gekommen.» Domenico schüttelte den Kopf.

«Früher war es aber nicht so abwegig, dass die Eltern den Partner für ihr Kind aussuchten.»

«Was willst du damit sagen?» Domenico setzte sich ebenfalls auf die Bank, ein Stück entfernt von Ares.

«Ich bin auch verheiratet worden. Ich habe meine Braut am Tag unserer Hochzeit das erste Mal gesehen», erzählte Ares.

Domenico hörte aufmerksam zu – er mochte Geschichten aus der Vergangenheit, besonders wenn sie wahr waren.

«Wie sah sie aus?»

«Wunderschön. Ihre gelockten Haare waren lang und blond und sie reichten bis zu ihrem süßen Hintern. Sie war schlank und graziös und hatte strahlende, blaugrüne Augen.» Ähnlich wie du, hätte er fast gesagt, hielt sich jedoch zurück. «Ach, lassen wir das!», meinte Ares schließlich. «Ich möchte dir nicht auf die Nerven gehen.» Er wusste, dass Domenico sonst eigentlich seine Ruhe vor ihm haben wollte.

«Nein, erzähl ruhig weiter, es stört mich nicht», ermunterte ihn Domenico.

«Gut.» Ares seufzte und lehnte sich zurück. «Sie hieß Cara. Ihre Familie kam ursprünglich aus Oberitalien, war aber irgendwann nach Österreich und in unser Dorf gezogen. Sie waren wohlhabend, genauso wie meine Familie. Mein Vater besaß eine Pferdezucht und ich war im Begriff sie zu übernehmen, als mir meine Eltern mitteilten, dass sie eine Braut für mich ausgesucht hätten. Ich war damals nicht älter als du jetzt, etwas über zwanzig, und der Gedanke daran, dass ich eine fremde Frau heiraten sollte, empörte mich maßlos. Damals hätte es wohl kein Sohn gewagt, gegen seinen Vater aufzubegehren, aber ich tat es. Ich wehrte mich mit Händen und Füßen, so lange, bis mein Vater mir drohte, mich aus seinem Testament zu streichen. Das hätte bedeutet, dass ich weder die Pferdezucht noch sonst irgendetwas vom Vermögen meiner Eltern bekommen hätte – ich wäre wie ein Bettler auf der Straße gestanden. Mein Vater ließ mir keine Wahl, zu jenem Zeitpunkt konnte ich mir ein Leben ohne Wohlstand nicht vorstellen, also heiratete ich Cara. Es war die beste Entscheidung meines einstigen Lebens. Wir verliebten uns sofort und glaubten fest daran, dass das Schicksal seine Hände im Spiel gehabt haben musste, als unsere Eltern uns zusammenführten.» Ares machte eine kurze Pause; Bilder von Cara und dem glücklichen Leben mit ihr tauchten in seinem Kopf auf. Domenico ließ Ares Zeit, bis dieser sich wieder von seinen Gedanken losreißen konnte.

«Wir gründeten eine Familie und Cara schenkte mir drei reizende Kinder. Ein Zwillingspärchen, Buben, mit schwarzen Haaren und dunklen Augen, die nichts als Unsinn im Kopf hatten», Ares stockte; er bemühte sich, die Fassung nicht zu verlieren. Nachdem er tief Luft geholt hatte, sprach er leise, mit bedrückter Stimme weiter. «Und dann gab es noch ein kleines, blondes Mädchen. Sie sah aus wie Cara, unsere kleine Evita.» Domenico sah, wie sich Ares' Blick im Nichts verlor. «Eines Abends, als ich einen Ausritt machte, fiel ein Vampir über mich her. Er hatte mich bereits seit Tagen beobachtet und nur auf eine günstige Gelegenheit gewartet, von mir zu trinken. Er ließ mich am Leben, und ich kehrte verstört und verunsichert zu meiner Familie zurück. Die Male an meinem Nacken heilten schnell, und niemand vermutete, dass es ein Vampir auf mich abgesehen hatte. Ich wusste jedoch, dass er wiederkommen würde, und das tat er auch. Bald nährte er sich Nacht für Nacht von meinem Blut und entzog mir die Energie, die ich zum Leben brauchte. Er besuchte mich immer wieder, wenn Cara und die Kinder bereits schliefen. Schließlich hatte er mich so ausgelaugt und geschwächt, dass ich mich nicht einmal mehr wehrte, was ich bis dahin immer versucht hatte. Aber du kennst ja die Tricks, die Menschen gefügig machen, Domenico, und du weißt genauso gut wie ich, wie wenig ein Mensch gegen die Kräfte eines Vampirs ausrichten kann.» Er sah zu Domenico und fing einen traurigen, mitfühlenden Blick von ihm auf.

«Es dauerte nicht lange und ich verbrachte auch meine Tage im Bett, da ich keine Kraft mehr hatte aufzustehen. Cara sorgte sich um mich, pflegte mich und wollte nach dem Doktor schicken, aber ich verbot es ihr. Der Vampir hatte gedroht, über meine Familie herzufallen, wenn auch nur irgendjemand einen Funken Verdacht schöpfte. Wir machten einen Handel. Er verschonte Cara und die Kinder, wenn er mich dafür bekam. Eines Nachts machte er mich zu dem, was ich jetzt bin. Er stellte mich vor die Wahl: Tod oder ein Leben in Verdammnis. Ich wählte die Verdammnis und klammerte mich an den Gedanken, ich könnte weiter für meine Familie sorgen. Als ich erwachte, war der Vampir weg und ich unsterblich. Cara und die Kinder freuten sich über meine plötzliche Genesung, dennoch wurde ich ihnen unheimlich und fremd. Ich arbeitete nur noch nachts und in der Dämmerung, da ich mich vor dem Sonnenlicht hüten musste, und ruhte mich tagsüber aus, was Caras Skepsis und Angst wachsen ließ. Es war etwas mit mir geschehen, doch sie konnte sich nicht erklären, was es war. Nicht nur, dass ich das Essen nicht mehr anrührte, fiel ihr auf, sondern auch die toten Pferde, von denen ich mich ernährte, bis ich lernte Menschen zu beißen. Zuerst genügten mir normale Bauersleute und Huren, nach denen nie wieder jemand fragte, doch ich spürte bald, wie die Gier nach Cara und den Kindern wuchs. Ich wagte sie nicht mehr anzurühren, weil ich fürchtete, dass mich meine Triebe übermannen könnten. Eines Nachts, als ich mich über Caras weißen Hals gebeugt wiederfand, bot ich all meine Willenskraft auf, riss mich von ihr los und verließ zu ihrem Schutz mein eigenes Haus. Natürlich vermissten sie mich und fühlten sich alleine gelassen, doch ich merkte eine gewisse Erleichterung auf ihren Gesichtern, die sich keiner eingestehen wollte. Und doch war sie da und nicht zu übersehen. Sie hatten mich nicht mehr gekannt, ich war bedrohlich und geheimnisvoll geworden. Dennoch wusste ich, dass Caras Liebe für mich niemals erloschen war.» Ares starrte in die Dunkelheit, er fühlte sich völlig in die Vergangenheit zurückversetzt und beschrieb, was er vor seinen Augen sah.

«Ich begann mich herumzutreiben, hatte aber immer ein wachsames Auge auf meine Lieben und sorgte aus dem Verborgenen dafür, dass es ihnen an nichts fehlte. Cara wusste wohl, dass ich noch lebte und nicht weit weg sein konnte, doch sie sprach mit niemandem darüber, im Dorf galt ich als tot. Als ich mich eines Abends wieder zu meinem Haus schlich, um durch die Glasscheiben der Fenster am Familienleben teilhaben zu können, musste ich mit ansehen, dass Cara im Sterben lag und mit ihr meine beiden Söhne. Sie hatten sich mit der Pest infiziert. Als sich in mir die schmerzliche Erkenntnis ausbreitete, dass ich ihnen weder durch meine Anwesenheit noch durch meinen Biss helfen konnte, drang ich ins Haus ein, um in den letzten, schwersten Stunden ihres Lebens bei ihnen zu sein. Cara hielt mich für einen ihrer Fieberträume und doch sprach sie mit mir, gestand mir zum letzten Mal, wie sehr sie mich liebte. Ich verfluchte mich, dass ich nicht bei ihnen gewesen war. Ich war mir sicher, dass ich das Unglück hätte abwenden können. Schließlich blieben nur noch Evita und ich alleine im Haus, verstört und weinend zwischen den Leichen der Menschen, die uns am meisten bedeutet hatten. Nachdem ich Evita in den Schlaf gewiegt hatte, beerdigte ich die Toten und reiste noch in derselben Nacht mit der Kleinen ab. Ich brachte Evita in einem Internat unter und überließ ihr mein restliches Vermögen, damit sie versorgt war. Es war mir von Anfang an klar gewesen, dass ich sie nicht bei mir behalten konnte – die Gefahr für sie wäre zu groß gewesen. Ich besuchte sie regelmäßig, auch wenn mich die Internatsleiterin stets missbilligend betrachtete, wenn ich am Abend dort auftauchte und nach meiner Tochter verlangte.» Ares ließ eine kurze Pause, seine Gedanken kehrten wieder in die Gegenwart zurück. Ihm wurde wieder bewusst, wo er war und was er seitdem alles erlebt hatte. «Als Evita siebzehn war, wurde bei einem verheerenden Feuer das Internat zerstört und damit der letzte Mensch, den ich auf Erden liebte, getötet», schloss Ares seine Geschichte. Domenico schwieg betroffen und machte einen noch verloreneren Eindruck auf Ares als sonst. Ares hoffte inständig, dass er seinen Gefährten durch seine Erzählungen nicht in einen emotionalen Abgrund gestürzt hatte, was bei Domenico leicht möglich war. Ares selbst hatte ein viertel Jahrhundert gebraucht, um sein Schicksal so anzunehmen, wie es war. Wie würde es Domenico jetzt gehen, nach dem, was er gerade gehört hatte? Er beobachtete den jungen Vampir neben sich genau und wartete auf irgendeine Reaktion.

Domenico sah zu Boden, seine Augen sahen aus, als wären sie geschlossen. Mit einer sanften Geste strich er sich die Haare aus der Stirn, und seine Lippen öffneten sich leicht.

«Und ich dachte immer, es wäre schlimm genug, ein Vampir zu sein», sagte er schließlich mit leiser, melancholischer Stimme. Ares war berührt. Er wusste, dass Domenico nicht nur so tat, sondern ihn wirklich verstehen und sich in seine Lage hineinversetzen konnte.

«Du wirst doch jetzt nicht einen anderen Eindruck von mir haben?», fragte Ares sicherheitshalber nach einer Weile nach, als Domenico nichts mehr sagte.

«Den hatte ich bereits.» Domenico hatte die Unterarme auf den Knien abgestützt und seine Finger spielten unbewusst mit dem kleinen, silbernen Ring, den er normalerweise trug. Sein Blick war noch immer gesenkt. «Und doch gibt es einige Dinge, die du getan hast, die nicht damit in Zusammenhang stehen und die ich noch immer nicht verstehe», sprach er weiter. Es war eine Chance, ihm näher zu kommen, die er Ares unbewusst bot. Doch Ares nahm sie nicht wahr, vielleicht ganz bewusst, möglicherweise aber auch, weil er sie nicht erkannte.

«So wird es auch bleiben», meinte er leichthin und stand auf. «Ich gehe schlafen.» Mit diesen Worten machte er sich auf den Weg zur Dachkammer. Domenico blieb auf der Bank sitzen. Die Geschichte hatte ihn bedruckt, aber auch erkennen lassen, dass in Ares noch mehr Menschliches steckte, als dieser zugeben wollte. Er hatte nicht erwartet, dass Ares unter solchen Umständen ein Vampir geworden war. Woher hätte er es auch wissen sollen? Ares hatte nie ein Wort davon gesagt. Und trotzdem, so schlimm es für ihn auch gewesen sein mag, sein Schöpfer hatte ihm die Wahl gelassen, hatte es i h m überlassen, sich für den Tod oder das ewige Leben zu entscheiden – das hatte Ares für Domenico nicht getan. Er hatte ihn dazu gezwungen. Ein kleiner Blick und Domenico war ihm willenlos ausgeliefert gewesen. Ares hatte ihn zu einem Blutsauger gemacht, ohne nach seiner Meinung zu fragen, er hatte einfach über ihn verfügt wie ein König über seinen Untergebenen. Das Schlimme war, dass Domenico nicht klar war, weshalb er es getan hatte, weshalb Ares ausgerechnet ihn erwählt hatte, sein Gefährte zu werden. Es wären bestimmt einige andere bereit gewesen, ihr Leben freiwillig gegen die Ewigkeit einzutauschen, aber die hatte Ares ignoriert. Er hatte sie nicht gewollt. Domenico seufzte, wieder an sein Schicksal erinnert, und versuchte einen Sinn in seinem Dasein zu erkennen, doch er sah keinen. Er legte sich auf die Bank und sah der Sonne zu, wie sie ihre morgendlichen Strahlen durch die Mosaikfenster der Kirche warf. Als einer der Lichtfinger ihn zu berühren drohte, ging er eine Bankreihe weiter und ließ sich dort nieder. Er betrachtete mit schmerzenden, jedoch faszinierten Augen das Spiel von Farben und Licht, das die Sonne auf den Steinboden der Kirche warf. Gegen Mittag kamen einige Menschen in die Kirche und störten Domenicos Einsamkeit. Er zog es vor sich zurückzuziehen und verschwand unbemerkt die Wendeltreppe hinauf in die Dachkammer.

Ares schlief bereits auf einer alten Matratze, die er dort oben gefunden hatte. Domenico schlüpfte hinter eine alte Kirchenbank, die in einiger Entfernung von der Wand achtlos abgestellt worden war. Er rollte sich zusammen in der Hoffnung, so gegen die Kälte anzukommen, doch sie blieb, als ewige Erinnerung an den Tod, der ihn stetig umschlich und begleitete. Domenicos Gedanken flogen zu Stella, immer wieder musste er an ihren unnötigen Tod denken, an die Zeit, die sie noch miteinander gehabt hätten, an die vielleicht geführten Gespräche. Die Erinnerung an Stella vermischte sich mit der Vorstellung von Ares' Familie und seines Schöpfers. Auch Ares selbst, mit seinen Ängsten, Nöten und seiner Trauer, tauchte darin auf. Domenico fand sich in wilden, wirren Träumen wieder, aus denen er sich aus eigener Kraft nicht mehr befreien konnte, die ihn erschreckten und ihn durcheinander brachten. Es blieb Domenico nichts anderes übrig, als auf den Abend zu warten, der ihn erlösen würde.

^^V^^

«Was machen wir mit dem Padre?», erkundigte sich Ares, gleich nachdem er aufgewacht war.

Domenico rieb sich verschlafen die Augen.

«Weshalb sollten wir denn etwas mit ihm tun? Er hat doch nichts verbrochen», meinte er und stand auf, um in die dunkle Kirche hinabzusehen.

«Noch nicht, aber das wird er noch», versicherte ihm Ares.

«Und was sollte das deiner Meinung nach sein?», fragte Domenico gelangweilt.

«Mord, Totschlag, Erpressung ... man weiß nie, wozu so ein Pfaffe fähig ist. Sie können uns ziemlich gefährlich werden, denn sie beherrschen den Exorzismus.»

«Früher vielleicht, heute kann das keiner mehr. Ich sehe keine Gefahr in ihm», beruhigte ihn Domenico und machte sich auf, die Kirche zu verlassen. Ares folgte ihm.

«Sag mal, was hast du eigentlich mit diesem Werwolf gemacht?», wollte Ares wissen, als sie in der lauen Abendluft durch die Straßen gingen. Domenico überhörte Ares' Frage, er wollte sie nicht beantworten. «Los, wo hast du sie gelassen?», drängte ihn Ares, sich nicht bewusst, wie unangenehm Domenico diese Frage war. Domenico blieb stehen und sah ihn kalt an.

«Sie ist tot», antwortete er und ließ Ares alleine auf der Straße stehen.

«Aber ...» Ares lief ihm nach. «Das habe ich nicht gewusst!»

«Es wäre auch nicht nötig gewesen, aber nun weißt du es.» Domenico verschloss sich wieder und ließ Ares überhaupt keine Möglichkeit, an ihn heranzukommen. Ares wünschte sich, er hätte den Mund gehalten. Domenico kaufte sich Zigaretten, setzte sich an einen der Tische, die vor einem Restaurant im Freien standen, und bestellte sich ein Glas Rotwein. Ares setzte sich zu ihm.

«Ich ...» Er wollte ein Gespräch beginnen, hatte vor, sich zu entschuldigen, doch Domenico schüttelte betrübt den Kopf.

«Hör auf, hör einfach nur auf!», bat er Ares und zündete sich eine Zigarette an. Ares verstummte, es fühlte sich an wie früher, wie damals, als Domenico noch ein sehr junger Vampir war und Ares offen spüren ließ, wie sehr er ihn hasste. Eine rassige Italienerin brachte den Wein. Sie hatte lange, dunkle Haare, ebenso dunkle, warme Augen und ein hübsches Gesicht. Ares sah ihr gierig nach. Er sah sich schon über ihrer Kehle, voller Vorfreude auf den ersten Biss.

«Vergiss es!», vernahm er Domenicos Stimme und sah ihn fragend an. «Es ist Maria, das Mädchen, das Claudio zur Schwiegertochter haben will», erklärte Domenico. «Und sie denkt an alles andere als an diesen Alessandro.»

«Weshalb sollte sie auch an ihn denken, sie kennt ihn doch noch gar nicht», bemerkte Ares.

«Wie es aussieht, will sie ihn auch nicht kennen lernen.» Domenico nahm einen Schluck von seinem Wein. «Ihre Gedanken sind bei einem anderen.»

«Mhm.» Ares las Marias Gedanken ebenfalls und nickte. «Wenn sie auf diesen Giminiano scharf ist, werde ich mir ihr Blut wohl doch nicht zu Gemüte führen. Was sollen wir tun? Sie warnen?»

Domenico hob abwehrend eine Hand.

«Verzeih mir, aber ich halte mich da raus. Spiel alleine Detektiv.»

«Weshalb denn?», wollte Ares wissen. Er hatte den Eindruck gehabt, dass es Domenico gestern Spaß gemacht hatte, die Männer zu belauschen.

«Wir sind nicht Tim und Struppi oder Batman und Robin. Du solltest alleine Nachforschungen anstellen, wenn dir so viel daran liegt», entschuldigte sich Domenico und drückte seine Zigarette im Aschenbecher aus.

«Du rauchst wieder?», bemerkte Ares kritisch.

«Willst du mich davon abhalten, indem du mir erzählst, dass man Lungenkrebs davon bekommt?», fragte Domenico herausfordernd und sah Ares abwartend an.

«Nein, es war nur eine Feststellung.» Domenico hustete. «Und man bekommt Raucherhusten davon», fügte Ares lächelnd hinzu. Domenico hustete noch immer und rang nach Luft, was eine rein menschliche Reaktion war, da kein Vampir wirklich Luft zum Atmen brauchte. Maria kam hilfsbereit gelaufen und legte ihm besorgt die Hand auf den Unterarm.

«Brauchen Sie Hilfe?», erkundigte sie sich. Domenico schüttelte den Kopf und entzog seinen Arm schnell ihrer Berührung. Langsam legte sich der Hustenreiz und er konnte wieder frei atmen. Maria lächelte ihn erleichtert an und ging wieder ihrer Arbeit nach. Ares sah forschend auf seinen Gefährten.

«Was war denn das? Das habe ich noch nie bei einem von uns gesehen. Eigentlich solltest du immun gegen Husten und andere Krankheiten sein.» Domenico hob die Schultern und zündete sich demonstrativ eine Zigarette an. Ares schüttelte leicht den Kopf und suchte nach einer Ursache für Domenicos Anfall. «Vielleicht hast du dich ja doch erkältet», zog er schließlich in Betracht.

«Wie denn? Mein Körper ist tot. Erklär mir, wie das funktionieren soll!», antwortete Domenico darauf.

«Unser Körper ist selbst uns ein Rätsel. Er ist tot, und dennoch existieren wir mit ihm so weiter wie bisher. Sogar noch besser, denn er regeneriert sich bei nicht zu großen Verletzungen sehr schnell. Aber frag mich lieber nicht so etwas, wenn du keinen Unsinn hören willst.» Ares konnte nicht widerstehen und bestellte sich ebenfalls ein Glas Rotwein bei Maria. «Wir hätten gleich eine ganze Flasche nehmen sollen», murmelte er.

«Du hast nichts von deinem Schöpfer gelernt?», fragte ihn Domenico, der mit ruhigem Blick zusah, wie der Wein im Glas perlte.

«Reden wir nicht von diesem Kerl, er ist es nicht wert», meinte Ares, und Domenico respektierte seinen Wunsch. Es wurde still zwischen den beiden, während im Hintergrund der nächtliche Lärmpegel der Stadt eher anschwoll. «Darf ich dich etwas über Stella fragen?», begann Ares vorsichtig zu sprechen. Domenico löste seinen Blick vom Glas und sah Ares an, ohne eine Bewegung zu machen.

«Versuch es.»

«Wie ist sie gestorben?»

Domenicos Blick versank wieder im Rotwein.

«Sie ist aus dem Fenster gesprungen», sagte er leise, «und ich war schuld daran.» Ein Satz, der Ares erschreckte.

«Was?», fragte Ares nach; er konnte nicht glauben, was er gehört hatte. «Was hast du denn getan?»

«Unsinn geredet.»

«Das kann ich mir nicht vorstellen.» Domenico fixierte Ares.

»Lass diese leeren, menschlichen Phrasen, sie führen doch zu nichts!" Er stand auf, warf ein paar Geldscheine auf den Tisch, nahm das Glas mit dem Wein, seine Zigaretten und ging. Ares sah ihm nach, bis er in der Dunkelheit verschwand. Maria brachte Ares' Wein.

«Wo haben Sie denn ihren Freund gelassen?», erkundigte sie sich etwas enttäuscht.

«Sieht aus, als wäre er gegangen», bemerkte Ares etwas lakonisch.

«Weshalb denn?» Ares sah zu ihr hinauf, in ihre dunklen Augen. «Setzen Sie sich einen Moment», bat er sie.

«Aber ich habe doch zu tun ...», wandte sie nicht gerade überzeugend ein.

«Sie werden sich doch eine kleine Pause gönnen dürfen.» Ares lächelte charmant.

«Das stimmt.» Maria setzte sich an den Tisch, auf den Platz, wo Domenico vorher gesessen hatte. «Wissen Sie, mein Freund ist ein sehr sensibler junger Mann ...», begann Ares zu sprechen.

«Und hübsch», warf Maria ein, deren weiblichem Auge Domenicos Schönheit sofort aufgefallen war.

«Ja.» Ares nickte. «Wie konnte ich das nur vergessen. Wissen Sie, manchmal sagt man etwas und weiß nicht, was es für den anderen bedeutet. Ohne es zu wissen, verletzt man ihn dann ... und Personen wie meinen Freund trifft so etwas besonders. Kennen Sie das?»

Maria nickte verständnisvoll.

«Ja, so geht es mir auch oft. Ich sage etwas und im nächsten Moment tut es mir schon wieder Leid.»

«Haben Sie auch so einen Freund?», fragte Ares ganz nebenbei.

«Nein, mein Vater ist so. Er versteht mich nicht, und ich verstehe ihn nicht. Es ist, als wäre eine Mauer zwischen uns, die keine Gespräche und erst recht keine Gefühle zulässt.» Ares konnte sehr gut nachvollziehen, in welcher Situation sich Maria gelegentlich befand. Sie bemerkte seinen Blick, der sie vermuten ließ, dass es ihm ähnlich ging. «Aber wissen Sie, man muss versuchen, auch den anderen zu verstehen. Solche Menschen fürchten sich meist davor, verletzt zu werden, deshalb ziehen sie sich zurück, wirken verschlossen und lassen niemanden an sich heran. Es geschieht aus reinem Selbstschutz, wenn sie schweigen oder einfach weggehen – sie können nicht anders.»

Ares nickte.

«Das klingt klug. Wie sind Sie darauf gekommen? Sind Sie nebenher Psychologin?»

Maria lachte geschmeichelt.

«Nein, meine Mutter sagt mir das immer, wenn ich vor lauter Wut auf Vater am liebsten von zu Hause ausziehen möchte. Es hilft mir, mich zu beruhigen. – Ihr Freund verhält sich auch so, sagen Sie?»

«Ja, gelegentlich», bestätigte Ares.

Sie lächelte.

«Da haben Sie aber Glück, er macht einen bezaubernden Eindruck. Ihm kann man bestimmt nicht böse sein oder gar Schuld zuweisen. Bei meinem Vater ist das leider nicht der Fall.» Maria sah verträumt in die Luft. «Manchmal glaube ich sogar, ihn zu hassen.» Sie sah Ares an und hob machtlos die Schultern. «So ist das Leben eben.» Dann stand sie wieder auf.

«So muss es aber nicht sein», gab Ares zu bedenken.

Sie seufzte.

«Ich weiß, aber ändern Sie mal ihr Leben. Das ist leichter gesagt, als getan. Danke für die Pause, die hatte ich nötig. Ach ja, und sagen Sie ihren Freund, er soll nicht so viel rauchen. Daher kommt nämlich der Husten.» Sie lächelte keck und stürzte sich wieder in die Arbeit. Ares nickte ihr freundlich zu und trank seinen Wein aus. Er war hungrig und würde sich auf die Suche nach etwas Essbarem begeben.

^^V^^

Domenico lief quer durch die Stadt, wusste nicht wohin, wollte einfach nur weg von Ares. Ihm war bewusst, dass Ares versucht hatte ihn zu verstehen, aber sie schafften es einfach nicht, eine normale Beziehung zueinander aufzubauen. Einer kam immer durch einen Vorfall oder ein unüberlegt gewähltes Wort aus dem Gleichgewicht und sie mussten wieder von vorne anfangen. Es war frustrierend, sich so eingeengt zu fühlen und zu merken, dass man unfähig war, sich wie ein normaler Mensch zu benehmen. Mensch? Möglicherweise lag es daran, dass sie beide Vampire waren; vielleicht waren aber auch ihre konträren Charaktere der Grund für ihre Differenzen. Domenico ging auf einen Hügel außerhalb der Stadt zu, der von einem Zypressenwald licht bewachsen war, und hoffte dort etwas Ruhe zu finden. Er ließ sich unter einem der Bäume nieder, lehnte sich gegen den Stamm und sah auf die Stadt hinab, deren Straßenbeleuchtung ein Lichtermeer bildete. Domenico trank das Weinglas leer und stellte es neben sich ins Gras.

«Ciao, was machst du denn hier?» Domenico hatte kaum einen klaren Gedanken gefasst, als er von einer Gestalt angesprochen wurde, die im Halbdunkeln auf ihn zukam. Es handelte sich um einen Jungen, der sich – in der einen Hand eine Dose Bier, in der anderen einen Joint – zu Domenico gesellte und mit ihm die Aussicht auf die Stadt teilen wollte.

«Ich sitze», antwortete Domenico patzig.

«Das sehe ich. Soll ich wieder gehen?», erkundigte sich der Junge unerwartet höflich.

«Nein», Domenico machte eine beschwichtigende Geste, «das hier ist ein freies Land, bleib ruhig.» Er fühlte, dass der Junge einen Gesprächspartner brauchte, umsonst hatte er nicht seine Gesellschaft gesucht, also ließ er ihn gewähren.

«Ich bin Cesco», sagte der Junge, stellte die Bierdose beiseite und streckte Domenico die Hand entgegen.

«Domenico.» Sie schüttelten einander die Hände.

«Was hat dich hierher verschlagen?» Cesco zog an seinem Joint und blies den Rauch in die Luft. Domenico griff zu seinen Zigaretten und genehmigte sich eine.

«Probleme. Situationen, die ich gerne vergessen würde», antwortete er. Cesco nickte.

«Das kenn ich. Meine Freundin hat Schluss gemacht, ich muss wahrscheinlich das Schuljahr wiederholen und meine Eltern lassen sich scheiden. Kann es einem schlechter gehen?» Er trank einen Schluck Bier. Domenicos Blick lag wieder auf der Stadt.

«Ja, ein bisschen.»

«Wieso? Was bedrückt dich?», erkundigte sich Cesco mit aufrichtigem Interesse.

«Der Tod.» Domenico sah zu seinem Gesprächspartner und seine Augen funkelten mystisch in der Dunkelheit.

«Der Tod?», fragte Cesco ungläubig nach. «Bist du nicht zu jung, um dich mit so einem miesen Thema zu beschäftigen?»

Domenico nickte.

«Sollte man glauben, aber das Leben verläuft oft nicht so, wie man es sich vorstellt.»

«Was weißt du denn vom Leben? Du kannst nicht viel älter sein als ich!», meinte Cesco lachend. «Wie alt bist du denn?»

Dreiundzwanzig, hätte Domenico beinahe gesagt und sein wahres Alter verraten. Rechtzeitig entsann er sich noch, dass er um einige Jahre jünger aussehen musste, und deshalb die Jahre als Vampir nicht erwähnen sollte.

«Achtzehn.»

«Hey, dann bist du ja genauso alt wie ich!», freute sich Cesco. «Also, was ist in deinem Leben denn so schief gelaufen, dass du über Gevatter Tod nachdenken musst? Und das ausgerechnet hier oben ...», fragte er nochmals.

«Eine liebe Freundin ist gestorben», antwortete Domenico. Es war angenehm, mit einem Fremden zu sprechen; man musste nicht darauf achten, ob man nun zu viel von sich preisgab. Wenn man das Gefühl hatte, dass der Fremde nun Dinge wusste, die er lieber doch nicht wissen sollte, konnte man immer noch die Gelegenheit ergreifen und seinen Hunger an ihm stillen. Domenico war sich vom ersten Augenblick an klar, als er Cesco gesehen hatte, dass der Junge die Nacht nicht überleben würde. Selbst wenn er high von Marihuana und Alkohol in Todesangst wild um sich schlug und um Hilfe schrie, Domenico würde ihn in den Griff bekommen.

«Wie schrecklich, war es deine Freundin?», fragte Cesco voller Beileid.

Domenico schüttelte den Kopf.

«Was ist mit deiner Freundin passiert?», fragte er Cesco und erinnerte sich an die unwichtigen Probleme, die er gehabt hatte, als er achtzehn gewesen war.

«Sie hat sich in einen anderen verliebt», erzählte ihm Cesco traurig.

«Du wirst noch Mädchen treffen, die dir weit mehr bedeuten als sie», versicherte ihm Domenico. Cesco schüttelte den Kopf.

«Das glaube ich nicht.»

«Und ich weiß es genau. Man braucht lange, die wahre Liebe zu finden, und man glaubt oft, sie gefunden zu haben, dabei war sie nicht einmal in Reichweite», verriet ihm Domenico.

«Hast du sie denn schon gefunden?», fragte Cesco neugierig.

«Das dachte ich eine Zeit lang, aber nun weiß ich, dass sie es nicht wirklich war. Sie war nur nahe daran.» Er sah auf Michelles Ring, und beinahe gleichzeitig begann die Narbe an seinem Rücken zu schmerzen. Sie war schon lange verheilt, dennoch konnte man noch ganz deutlich ein Efeublatt erkennen; selbst das Blattgerippe war zu sehen. Hin und wieder tat die Stelle weh, Domenico wusste aber nicht genau, worauf der Schmerz zurückzuführen war. Ihm wurde bewusst, dass ihm Michelle bereits nicht mehr so viel bedeutete wie damals, als sie sich auf dem Grab geliebt hatten. Sie hatte ihn verlassen, wollte sich nicht finden lassen, und das nahm Domenico ihr übel. Es war ihm nicht bewusst, doch er spürte deutlich, dass sein Interesse an und seine Verbindung zu ihr sich deutlich abgeschwächt hatten. Er zog den Ring von seinem Finger und reichte ihn Cesco.

«Hier, schenk ihn deiner Freundin, er wird ihr gefallen. Und nun erzähl mir von ihr.»

Cesco zuckte mit den Schultern.

«Was soll ich denn erzählen? Sie hat hellbraune Augen, und braune, kurze Haare. Sie ist einfach wunderschön.»

«Und sie hat einen anderen dir vorgezogen?»

«Ja, plötzlich war ich kein Thema mehr. Er war hier, und ich war einfach nur Luft für sie.»

Domenico lächelte.

«Sie kommt wieder zurück zu dir.»

«Wieso bist du da so sicher?», fragte Cesco skeptisch.

«Glaub es mir einfach. Die Frage ist nur, ob du sie dann noch willst.» Domenico überlegte sich, ob Cesco vielleicht doch erst ein anderes Mal sein Opfer werden sollte.

«Natürlich will ich sie noch!», rief Cesco, für ihn gab es kein Zweifel daran.

«Hm ...» Domenico grinste. Der Jäger in ihm hatte sich einen Plan zurechtgelegt, den der Vampir selbstverständlich ausführen würde. Was tat man nicht alles, wenn das warme, süße Blut lockte! Domenico hörte Cesco aufmerksam zu, wie er von seiner Freundin sprach, und amüsierte sich innerlich über die kleinen Probleme, die in einer so jungen Beziehung einfach auftreten mussten. «Ihr hattet also noch keinen Sex miteinander?», fasste er Cescos Schilderung zusammen.

«Nein, wir hatten beide noch ...» Cesco brach ab und sah in die Bierdose, die sich immer mehr leerte.

«Oh.» Domenico nickte und schwieg dezent. Er wollte den Jungen nicht in Verlegenheit bringen.

«Du?»

Eine kleine Frage, die Domenico fast zum Lachen gebracht hätte. Doch er versetzte sich in die Zeit zurück, in der er achtzehn gewesen war, und schaffte es seriös zu antworten.

«Ja, vor zwei Jahren zum ersten Mal.»

«Und, wie war's?» Cescos Interesse wuchs.

Domenico hob nichtssagend die Schultern.

«Es ist viel einfacher, als man denkt. Alle Furcht ist unbegründet. Man muss eben alles auf dieser Welt lernen.»

«Aha.» Cesco konnte nicht wirklich viel mit dieser Aussage anfangen, und Domenico spürte seinen Magen knurren. Es wurde Zeit, dass er etwas zu sich nahm. Er sah zu Cesco.

«Ich fürchte, diese Erfahrung kannst du leider nicht mehr machen.» Das Raubtier in ihm hatte angefangen, mit seiner Beute zu spielen, und es schien ihm zu gefallen. Cesco sah ihn zuerst verständnislos und dann angsterfüllt an. Er merkte, dass etwas nicht stimmte und seine Chancen, lebend nach Hause zu kommen, nicht unbedingt groß waren. Vorsichtig stand er auf. Er hatte Angst, sein Gegenüber mit einer zu hastigen Bewegung zu reizen, und wich einige Schritte vor Domenico zurück. Cesco war bereit wegzulaufen, jedoch gebannt von der faszinierenden Erscheinung und Ausstrahlung des Vampirs konnte er sich nicht dazu durchringen. Domenico erhob sich ebenfalls und trat mit ruhigen, selbstsicheren Schritten auf ihn zu.

«Ich würde dir ja gerne deinen letzten Wunsch erfüllen, aber bedauerlicherweise bin ich für so etwas nicht geschaffen», entschuldigte sich Domenico und hatte Cesco mit einem schnellen Griff in seiner Gewalt. Der Junge fragte sich noch, wie es möglich sein konnte, dass eine so schmächtige Gestalt wie Domenico es schaffte, solche Kräfte aufzubringen, bevor ihm der Einfall kam zu schreien. Doch es war bereits zu spät – Domenicos Hand hatte sich fest über seinen Mund gelegt.

«Es dauert nicht lange», beruhigte Domenico sein Opfer und durchbiss die Haut von Cescos Hals. Das dunkle, warme Blut floss stetig und in einem kräftigen Strom aus der Wunde, was Domenico sichtlich Freude bereitete. Die Farbe des Blutes war ihm so vertraut; wie der Wein schimmerte sie in einem dunklen Rot. Domenico könnte stundenlang über diesen sinnlichen, fesselnden Farbton nachdenken, er würde dennoch nicht ergründen, weshalb er ihn so liebte. Nach einem Augenblick der Andacht begann er zu trinken und fühlte bald, wie Cesco in seinen Armen immer schwächer und schwächer wurde. Er sank nieder auf die weiche Wiese und zog Domenico mit sich zu Boden, was diesen jedoch nicht dazu veranlasste, sein Opfer freizugeben. Er stillte seinen Hunger und seine Gier, saugte, bis sich kein Tropfen Blut mehr im Körper des Jungen befand, und ließ dann erschöpft von ihm ab. Domenicos Lippen waren blutig, und er leckte sie gewissenhaft sauber, um keinen Tropfen der belebenden Flüssigkeit zu verlieren. Bevor er sich davonmachte, entriss er Cesco den Silberring, den dieser noch immer fest umklammert hielt. Er würde ihn persönlich zur Freundin des Toten bringen. Er wusste zwar nicht, wo sie anzutreffen war, aber das stellte kein Problem dar, denn sein Instinkt leitete ihn. Domenico wanderte durch die Stadt, beinahe vergnügt, Cescos Lebensfreude und Kraft in sich, und genoss sein augenblickliches Hoch. Wer wusste schon, wie lange diese angenehme Gemütslage andauern würde. Er fand sich vor einem idyllischen Häuschen wieder, in dessen Garten ein Mädchen alleine auf der Hollywoodschaukel saß und traurig die Sterne betrachtete. Domenico betrat den Garten und stand plötzlich neben ihr, was sie erschreckte.

«Wer bist du?» Domenico seufzte, bald konnte er diese Frage nicht mehr hören. Weshalb war es für Menschen so wichtig, wer man war? Würden sie zuerst die Frage stellen, was man war, hätten sie vielleicht mehr Überlebenschancen.

«Ich komme von Cesco», antwortete er.

«Was will er?», fragte sie kühl, und ihr Gesicht nahm einen arroganten Ausdruck an.

«Nicht mehr viel. Ich soll dir nur das geben.» Er hielt ihr den Ring entgegen.

«Was soll ich damit?», fragte sie gleichgültig. «Ich brauche keine Geschenke von ihm.»

«Vielleicht als Erinnerung, er ist nämlich tot», sagte Domenico. Sie nahm den Ring und sah ihn erschrocken an.

«Tot?», fragte sie fassungslos und wollte zu Domenico aufsehen, aber da war er schon verschwunden.

Domenico ging zurück in die Stadt, und sein Weg führte ihn an dem Restaurant vorbei, wo Maria gerade die Tische abwischte und die letzten Gäste darauf aufmerksam machte, dass sie gleich schlossen.

«Warten Sie!», rief sie ihm nach. Domenico blieb stehen und drehte sich mit einem fragenden Blick um. «Ich wollte ...» Sie sah in seine Augen und vergaß im selben Moment, was sie ihm sagen wollte. «Ich ... ich habe keine Ahnung mehr, weshalb ich Sie aufgehalten habe», stotterte sie.

«Ich auch nicht», meinte Domenico und ließ ihr Zeit zum Nachdenken. Sie seufzte.

«Es fällt mir nicht mehr ein. Tut mir Leid, dass ich Sie belästigt habe.»

«Haben Sie nicht.»

«Nicht?» Sie sah ihn erstaunt an.

«Nein, Maria.»

«Woher wissen Sie meinen Namen?» Domenico deutete auf das Namensschild über ihrer linken Brust. Sie lachte.

«Natürlich! Schon wieder muss ich mich entschuldigen. Ich bin wohl etwas misstrauisch.»

«Niemand ist perfekt. Vielleicht rettet Ihnen Ihr Misstrauen eines Tages das Leben.» Domenico schenkte ihr ein aufmunterndes Lächeln, wandte sich um und ging geradewegs zur Kirche. Er betrat das Gebäude durch die Tür, wie es auch die Menschen taten; ob sie abgeschlossen war, interessierte ihn nicht, einem Vampir stand jede Tür offen. Als er durch das Kirchenschiff ging, ließen ihn Geräusche aus dem Kirchenkeller aufhorchen und innehalten. Ob es Ares war, der sich, von seiner Neugierde getrieben, auf Entdeckungsreise befand? Domenicos Gefühl sagte ihm, dass es nicht so war. Eigentlich konnte es ihm egal sein, was in dieser Kirche vor sich ging, er war ja selbst nur ein Gast. Aber Domenico fühlte sich unwohl, er musste herausfinden, wer sich hier mitten in der Nacht herumtrieb. Möglicherweise handelte es sich nur um den alten Padre, der die Bücher in der Bibliothek im Keller abstaubte und neu sortierte, da ihm am Tag keine Zeit dafür blieb. Und wenn es nicht so war? Mit ein paar schnellen Schritten lief Domenico quer durch die Kirche, auf die untere Ebene, und hatte bald die Stiege zum Keller gefunden. Vorsichtig schlich er hinab und spähte um die Ecke in den weiten Raum, in dem tatsächlich der ihm bereits bekannte Padre stand. Es war jedoch keine Bibliothek, in der er sich befand, sondern ein kahler, düsterer Raum, der nur von einer Neonlampe erhellt wurde, die kaltes, unangenehmes Licht ausstrahlte. Der Padre stand mit dem Rücken zu Domenico und widmete sich mit großem Eifer einer Tätigkeit, die Domenico nicht erkennen konnte. Domenico trat einen Schritt vor, riskierte dabei, entdeckt zu werden, und erkannte, dass der Mann chirurgisches Operationsbesteck desinfizierte und polierte. Er bemerkte auch den großen stählernen Tisch, der im Licht der Neonröhre blitzte. Da Domenico als Mensch gerne Thriller im Fernsehen gesehen hatte, erkannte er, dass es sich um einen Tisch der Art handelte, wie sie bei Obduktionen verwendet wurden. Was hatte der Padre nur vor? Handelte es sich um einen Wolf im Schafspelz oder vielmehr in schwarzer Kutte? Domenico begab sich wieder in sein sicheres Versteck, wo er vor den Blicken des Geistlichen geschützt war, und wartete ab, was dieser als Nächstes tun würde. Doch der Padre widmete sich weiterhin voller Lust der Säuberung der Skalpelle, Klemmen und kleinen, handlichen Knochensägen. Domenico fühlte, wie ihn ein gewisses Grausen packte. Einen Menschen zu töten, um zu überleben, war schon schlimm genug, aber Leute zu Versuchszwecken zu benutzen, war das Abscheulichste, was sich Domenico vorstellen konnte. Vielleicht präparierte der Padre aber auch nur Tiere für Museen. Aber weshalb ausgerechnet im Kirchenkeller? War sonst nirgendwo Platz? Was für ein Unsinn, hier gab es keine Tiere, wenn man von Spinnen und Ratten absah. Egal, ob tot oder lebendig, Domenico hätte die Anwesenheit eines Tieres in diesem Keller sofort gerochen.

Zwei Stunden verstrichen, bis Padre Roberto das Operationsbesteck fachgerecht verstaut hatte und sich daran machte, den Obduktionstisch zu polieren. Auch dafür brauchte er einige Zeit, da er sich dieser Aufgabe ebenfalls sehr gewissenhaft widmete. Endlich befand er auch den Tisch für sauber und legte den Lappen, den er verwendet hatte, mit Sorgfalt zur Seite. Domenico war gespannt, was er nun vorhatte, doch der Padre räumte nur noch ein paar Kleinigkeiten auf, nahm dann eine Taschenlampe zur Hand und löschte das Licht. Domenico huschte die Treppe hinauf und verbarg sich in einer Ecke der unteren Ebene der Kirche. Padre Roberto ging nichts ahnend an ihm vorbei; in seiner Kirche fühlte er sich offensichtlich sicher. Was sollte ihm schon passieren? Domenico indessen unternahm nichts; dazu hatte er kein Recht. Er wartete, bis er wieder alleine in der Kirche war, und begab sich dann in die Dachkammer, wo er zu seiner Überraschung auf Ares traf, der in Gesellschaft einer Flasche Rotwein am Boden saß und vor sich hin sinnierte.

«Unser Padre Volltrottel war da», bemerkte er, noch bevor Domenico dazu kam, etwas zu sagen. Domenico nickte. Ares' Körper führte ihm wieder einmal die Wirkung des Alkohols vor Augen, was Ares allerdings sehr willkommen schien.

«Ich habe ihn gesehen. Und er ist nicht nur bestechlich», meinte Domenico und ließ sich auf einem brüchigen Sessel nieder.

«Was meinst du damit?» Ares sah verwirrt zu ihm auf und hob die Rotweinflasche an die Lippen.

«Sieht aus, als hätte er sich im Kirchenkeller einen kleinen Obduktionssaal eingerichtet», sprach Domenico weiter.

«Einen Obduktionssaal?»

Domenico nickte abermals.

«Ja, er hat Skalpelle geputzt und so. – Seit wann bist du denn hier?»

Ares hob die Schultern und sah zu einem der Kirchenfenster, um die Dunkelheit zu prüfen.

«Ungefähr seit einer Stunde. Der Padre war schon da, aber er ist hier herumgelaufen.» Er zeigte zum Geländer der Dachkammer.

«Er muss gekommen sein, als wir weg waren, und wie es aussieht, hat er etwas Seltsames gemacht. Wir sollten vorsichtig sein und ihm nach Möglichkeit nicht begegnen», überlegte Domenico. Ares nickte und umarmte mit zufriedenem Gesichtsausdruck die Rotweinflasche.

«Ich liebe Rotwein», flüsterte er. «Er ist wie Blut. Siehst du diese Farbe?» Er hob die Flasche in die Höhe, doch das grüne Glas und die Dunkelheit ließen die Flüssigkeit schwarz erscheinen. Dann wollte Ares, dass Domenico etwas von dem Wein trank. Domenico nahm ihm die Flasche aus der Hand und machte einen Schluck.

«Nein», sagte er und sah Ares ernst an, «aber ich schmecke sie.» Ares lachte.

«Du bist perfekt. Ich weiß, weshalb ich dich ausgesucht habe.»

Domenico zog sich hinter die Kirchenbank zurück und legte sich nieder, um zu schlafen.

Ares begab sich auf seine Matratze. «Die Matratze ist weicher als der Boden», meinte er einladend, «... und groß genug für uns beide.»

«Danke, aber mich stört der Boden nicht», wehrte Domenico ab.

«Es tut mir Leid, das mit Stella», sagte Ares nach einer kurzen Pause, und Domenico wusste, dass er es ehrlich meinte. Die Erinnerung an Stella ließ ihn wieder traurig werden, in den letzten Stunden hatte er sie erfolgreich verdrängt.

«Ja, mir auch», antwortete er. Es war einfacher, Ares gegenüber offen zu sein, wenn Finsternis und genug Distanz zwischen ihnen lag. Es würde nicht mehr lange dauern und die Sonne würde aufgehen. Domenico hörte ein Geräusch über sich und blickte nach oben. Eine Fledermaus, zurückgekehrt von ihrem nächtlichen Raubflug, hing an einem der Dachbalken und richtete sich zum Schlafen ein.

«Was verbindet uns mit den Fledermäusen?», stellte Domenico als Frage in den Raum und hoffte, dass ihn Ares hören würde.

Er tat es.

«Sie sind genau wie wir, nur kleiner. Sie verkörpern unsere Seele und tragen unseren Geist durch die Luft, wenn sie fliegen. Sie mögen unsere Gegenwart, so wie wir ihre: Sie sind wie Geschwister für uns. Fledermäuse helfen uns aus aussichtslosen Situationen und sind sogar bereit, Brieftaube zu spielen, wenn es nötig ist. Ein Pfiff genügt und sie sind an unserer Seite. Du hattest auch schon Kontakt mit einer von ihnen.»

«Was?» Domenico wusste nicht, worauf Ares anspielte.

«Das Efeublatt auf deinem Rücken. Die Schnitte stammen von den scharfen Zähnen einer Fledermaus», verriet ihm Ares. «Mir ist allerdings nicht ganz klar, weshalb sie das getan hat.»

Domenico ging es ähnlich und er entsann sich der Nacht mit Michelle. Es musste passiert sein, als er geschlafen hatte. Aber aus welchem Grund? Ob es Zufall gewesen war, oder standen diese beiden Ereignisse miteinander in Zusammenhang?

«Ich habe einmal ein Mädchen getroffen, das hatte stets eine Fledermaus um sich; wie ein Schatten war das Tier immer in seiner Nähe.»

«Wo?», wollte Domenico wissen. War es möglich, dass Ares damit Michelle meinte? Kannte er sie?

«Sie hat auf der Burg gewohnt. Angeblich hat sie ziemlich schlimme Sachen gemacht, die sie betrübt haben. Sie war eigentlich eine wandelnde Tote.» Ares wurden seine Worte bewusst und er musste herzlich lachen. «Sind wir das nicht auch?», fügte er noch hinzu. Domenico gab keine Antwort, ihm war nicht nach lachen zumute. Es war ihm noch immer nicht gelungen, das Geheimnis um Michelle zu lüften. Alles, was er über sie gehört hatte, war eigentlich nur negativ gewesen, und doch kannte er sie nur als aufrichtiges, emotionales, sehr zärtliches und liebevolles Wesen. Ob er sie jemals wiedersehen würde? Sie hatte ihn einfach verlassen, ohne ihm den Grund dafür zu nennen.

«Was ist mit dir?», fragte Ares.

«Nichts.» Domenico drehte sich zur Wand und wollte schlafen. Ares ließ ihm seine Ruhe.

^^V^^

«Hast du ihn schon gesehen?», fragte Ares neugierig.

«Nein, noch nicht.»

Nach dem Aufstehen hatten sich die beiden Vampire rasch um ihre Verpflegung gekümmert und waren ziemlich früh wieder in der Kirche angelangt. Sie hatten vor, auf den Padre zu warten und seinen dunklen Machenschaften nachzugehen. Domenico saß auf dem Geländer der Dachkammer, zwölf Meter über dem Boden, und ließ die Beine in der Luft baumeln. Er sah hinunter in die Kirche, wo gerade ein Gottesdienst stattfand, und betrachtete einigermaßen interessiert die vielen Menschen unter seinen Füßen. Er war bereit, Ares ein Zeichen zu geben, sobald der Padre auftauchte, doch sie wussten beide, dass es noch zu früh war und sich zu viele Leute in der Kirche befanden, um ungesehen verschwinden zu können. Der Padre hielt nicht einmal selbst die Messe, Domenico hörte die Stimme eines anderen Priesters sprechen.

«Ist das nicht völliger Schwachsinn?» Ares stützte die Unterarme am Geländer ab und sah zu Domenico, der neben ihm saß.

«Was denn?», fragte er.

«Das alles hier. Die Menschen rennen alle in die Kirche und hören sich Geschichten an, die ihnen der Padre oder sonst jemand erzählt. Ich finde so etwas krank. Glauben die das alles etwa? Es ist doch schon so lange her! Woher wollen die Menschen der heutigen Zeit wissen, ob das wirklich passiert ist oder ob sich das bloß jemand ausgedacht hat?»

«Menschen brauchen etwas, woran sie sich festhalten können. Der Glaube und Gott sind da eine willkommene Möglichkeit. Die Hoffnung ist sehr wichtig, wenn man lebt», erwiderte Domenico.

«Weshalb?»

«Die Hoffnung schützt vor der Verzweiflung.» Ares nickte stumm und dachte über die Worte seines Gefährten nach. Domenicos Worte erschienen ihm einleuchtend, aber woher wusste er das? Er war in Ares' Augen eigentlich noch zu jung, um bereits so viel Erfahrung in sich zu tragen. Ares entschloss sich, nicht nach der Ursache für diese Annahme zu fragen, er wollte die angenehme, freundschaftliche Atmosphäre zwischen ihnen nicht aufs Neue gefährden. Er wunderte sich, wie viel er durch Domenico dazugelernt hatte. Er war sensibler geworden, gab mehr Acht darauf, was er sagte, und war nicht mehr so rücksichtslos wie früher, vor allem wenn er mit Domenico sprach. Er hatte sich gut auf seinen Gefährten eingestellt, und auch Domenico schien sich wohl zu fühlen. Auf jeden Fall im Moment. Ares wusste genau, dass diese positiv erscheinende Stimmung zwischen ihnen schnell wieder in Schweigen und Gleichgültigkeit umschlagen konnte. Jedoch der Grund dafür war ihm nicht wirklich bekannt.

«Wen musterst du so aufmerksam?» Ares versuchte Domenicos Blick zu folgen, es gelang ihm aber nicht ganz.

«Da unten ist Maria», sagte Domenico. Jetzt sah Ares sie auch. «Und der junge Mann neben ihr ist Giminiano.»

«Oh, das ist aber kein unhübscher Bursche», bemerkte Ares und sah suchend in der Kirche umher. «Ob dieser Alessandro auch mit seiner Sippe hier ist?», überlegte er. «Dann könnten wir ihn unter die Lupe nehmen und uns ausrechnen, wie groß die Chancen sind, dass Maria Giminiano für ihn verlässt.»

«Hm, nicht sehr groß, wie ich fürchte.» Domenico wiegte bedenklich den Kopf. «Dort drüben sitzt er.»

«Herrje, der ist ja potthässlich!», rief Ares entsetzt aus. «Da hat Padre Roberto aber viel zu tun. Vielleicht mixt er in seinem Labor im Keller einen Liebestrank, um ihn Maria zu verabreichen», scherzte er.

«Mit Skalpell und Knochensäge?», fragte Domenico zweifelnd.

«In Ordnung, vielleicht habe ich ein wenig übertrieben», gab Ares zu, «aber du würdest es ihm doch zutrauen.»

«Dem traue ich alles zu», meinte Domenico mit finsterem Blick. Er beobachtete noch immer Maria, die bei ihren Eltern und mit Giminiano in einer der Kirchenbänke saß und nun den Kopf in den Nacken legte, in der Hoffnung, so ihrer lästigen Verspannungen im Genick Herr zu werden. Ihr Blick blieb an der offenen Seite der Dachkammer hängen. Sie konnte die Vampire unmöglich gesehen haben, da sie völlig im Dunkeln lagen. Domenico sah ruhig auf sie hinab, während sie Giminiano neben sich anstieß.

«Du, da oben ist jemand», flüsterte sie und deutete mit dem Kopf in Domenicos und Ares' Richtung.

«Du siehst Gespenster», meinte ihr Freund kopfschüttelnd und tätschelte ihr liebevoll das Knie. «Das sind höchstens ein paar Fledermäuse.» Giminiano wusste nicht, dass er gar nicht so unrecht mit seiner Vermutung hatte.

«Er ist kein dummer Kerl», kommentierte Ares gelassen, «nicht wahr?» Damit wandte er sich zu dem Platz, wo die Fledermaus tagsüber gehangen hatte, dieser war jedoch leer.

«Sie kommt wieder», gab Domenico zurück, ohne den Blick von Maria zu nehmen.

«Meinst du?» Ares kam wieder näher ans Geländer.

«Ich weiß es», versicherte ihm Domenico ruhig. Er sah mit forschendem Blick ins Kirchenschiff hinab und musterte die Menschen dort unten. «Wenn die Messe aus ist, taucht Padre Roberto bestimmt auf, um Maria mit Alessandro bekannt zu machen», vermutete er.

«Ja, aber wieso ist er jetzt nicht hier?», fragte Ares zu Recht. Domenico hob ratlos die Schultern. Die restliche Zeit des Gottesdienstes verhielten sie sich still, und Ares dachte angestrengt über den Sinn der Kirche nach. Domenico gab plötzlich einen überraschten Laut von sich. Ares sah fragend in die Richtung, in die Domenicos ausgestreckter Zeigefinger wies.

«Was, der andere Padre übernimmt die Aufgabe des Alten?», meinte Ares beinahe empört, als er sah, wie der fremde Padre, Alessandro mit seinem Vater Claudio und Maria beisammen standen. Giminiano war anderswo beschäftigt, was Claudio nur recht war.

«Man müsste herausfinden, wo sich der andere Padre aufhält», überlegte Ares. «Kannst du seine Gedanken lesen?»

Domenico sah den Padre konzentriert an.

«Er denkt nichts Besonderes. – Was ist denn mit deiner Fähigkeit Gedanken zu lesen?», wunderte er sich.

«Ich bin lange nicht so gut», meinte Ares aufrichtig. «Abgesehen davon macht mir die große Entfernung etwas Probleme.»

«Das soll ich dir glauben?», fragte Domenico skeptisch.

Ares sah ihn etwas genervt an.

«Hast du deinen schwarzen Samtumhang noch?», fragte er Domenico plötzlich.

«Ja.» Er wies hinter die Kirchenbank auf seinen Schlafplatz. Ares hatte den Umhang mit einem Griff und warf ihn sich über. «Aber was willst du damit?», wollte Domenico wissen. Ares hörte ihn nicht mehr, er war bereits auf dem Weg nach unten. Domenico begnügte sich damit, Ares' Aktion aus der Vogelperspektive zu beobachten. Ares hatte die Kapuze aufgesetzt und wandelte nun als schwarze Gestalt durch die Menschen, die in Grüppchen beieinander standen und plauderten. Bei dem Padre und den anderen dreien blieb er stehen und wandte sich von Maria ab, als er mit dem Padre ein Gespräch begann. Der Padre nickte, entschuldigte sich für die Unterbrechung bei Maria und dem Herrn und begann Ares schnell etwas zu erklären, wobei er heftig gestikulierte. Ares nickte einige Male, schien sich zu bedanken und verschwand wieder in der Menschenmenge. Bald war er wieder von seinem kurzen Ausflug zurück und lehnte sich an seinen Platz am Geländer.

«Er hat gesagt, Padre Roberto sei verhindert, er besuche seine Familie. Glücklicherweise wäre er aber morgen bereits zurück.»

«Das ist aber auch alles, was er weiß», bestätigte Domenico.

«Dann müssen wir es selbst herausfinden», beschloss Ares voller Tatendrang.

«Ich hoffe doch, du wartest, bis alle Leute weg sind», gab Domenico zu bedenken.

«Wenn's sein muss», brummte Ares. Er hätte den alten Padre Roberto am liebsten gleich für vogelfrei erklärt und ihn gejagt, bis er sich zu Tode stürzte. Ares konnte sich durchaus vorstellen, wo sich der Padre versteckte. Bei seiner Familie war er gewiss nicht. Domenico wartete geduldig, bis die Menschen immer weniger wurden und nach Hause gingen. Er hatte es nicht eilig damit, Detektiv zu spielen. Endlich war die Kirche leer, selbst der fremde Padre war gegangen. Ares und Domenico schlichen vorsichtig in den Keller hinunter. Der Raum mit dem Obduktionstisch war leer, kein Mensch zu sehen.

«Wow, ich komme mir vor wie in einem Psychothriller», flüsterte Ares und schlich neugierig im Zimmer herum.

«Oder wie im wirklichen Leben», murmelte Domenico düster. Er hatte eine Tür an einer der Wände des Raumes entdeckt und wollte sie gerade öffnen, als Ares ihn zu sich rief.

«Sieh dir das an!» Fasziniert betrachtete er ein Regal mit verschiedenen Glasbehältern, in denen menschliche Körperteile konserviert waren. Ares nahm ein Glas aus dem Regal, in dem ein braunes Auge schwamm, und sah es sich belustigt an.

«Ha, das könnte von mir sein!», rief er leise. «Oder von Thomas. Du erinnerst dich doch?» Domenico nickte nur, er konnte Ares' Begeisterung nicht teilen. Stumm besah er sich die abstoßende Sammlung, als ihn ein Geräusch aufschreckte.

«Weg!», zischte er Ares warnend zu, und sie schafften es gerade noch sich rechtzeitig zu verstecken, als der Padre die Stufen herunter kam und seinen Arbeitsraum betrat. Domenicos Augen weiteten sich, als er bemerkte, dass der Padre ein nacktes Mädchen hinter sich her schleifte. Domenico fühlte eine seltsame Spannung und merkte, dass die junge Frau nicht tot, sondern nur bewusstlos war. Padre Roberto stemmte sie auf den Obduktionstisch, wo sie mit dem Gesicht nach oben liegen blieb. Er strich über ihre Haut, die weiß war wie Milch, und lachte böse. Dann begann er, sie mit breiten Lederriemen am Tisch festzuschnallen. Als auch das getan war, griff er mit Andacht nach seinem Obduktionsset und nahm ein Skalpell zur Hand. Doch als er den ersten glatten Schnitt machte, erwachte sie aus ihrer Ohnmacht und begann zu schreien. Erschrocken legte der Padre das Skalpell beiseite; er hatte vergessen, seine Versuchsperson zu knebeln. Ein breiter Streifen Klebeband löste das Problem rasch und effektiv. Domenico wollte auf den Padre zustürzen, um das Mädchen zu retten, Ares aber reagierte schnell und hielt ihn fest. «Sei nicht dumm, du bringst uns noch beide um! Ihr ist nicht mehr zu helfen!» Der Padre führte seine Arbeit ungestört, jedoch nicht ungesehen fort. Er entfernte die Augenbinde des Mädchens, das sich unter Schmerzen wand und loszureißen versuchte, vergeblich. Padre Roberto entledigte sie gelassen und geübt ihrer Augäpfel und legte die beiden Körperteile in Gläser, um sie fachgerecht aufzubewahren. Dann entfernte er das Klebeband und öffnete ihren Mund – und ein befriedigtes Lächeln breitete sich auf seinem alten Gesicht aus. Das Mädchen versuchte ihn zu beißen, bis eine Spreizzange ihr Vorhaben unmöglich machte. Seelenruhig und mit Genugtuung machte er sich daran, ihr die Zähne zu reißen, was ihr vor Schmerz fast den Verstand raubte, ihn aber noch mehr dazu antrieb, sie zu quälen. Domenicos entsetzter und zugleich fragender Blick traf Ares, doch dieser schüttelte nur den Kopf. Es war zu gefährlich, den Padre anzugreifen. Sie wussten nicht, wer oder was er war, und die junge Frau war ohnehin nicht mehr zu retten. Padre Roberto schnitt ihr gerade den Oberschenkel auf und sezierte ihre

Muskeln. Es dauerte lange, bis er seine grauenvolle Zeremonie beendet hatte, eine Zeit, die Domenico abgewandt und mit geschlossenen Augen verbrachte. Er wollte weder etwas von ihr sehen noch hören. Als Letztes zog der Padre seinem Opfer einzeln und genussvoll die Fingernägel, um sie zusammen mit den entfernten Zähnen in einem Schächtelchen zu verwahren. Trotz der Qualen und der unerträglichen Schmerzen war das Mädchen noch immer nicht tot, was Ares verwunderte. Normalerweise müsste sie bereits am Schock gestorben sein. Sie schien eine robuste Natur und eine unerschütterliche Seele zu haben. Schließlich warf sie sich der Padre über die Schulter, vielmehr das, was noch von ihr übrig war, und öffnete die Tür, deren Geheimnis Domenico beinahe gelüftet hätte. Dahinter befand sich Dunkelheit, und genau dorthin warf Padre Roberto das Mädchen, wo es wohl im Delirium noch vor sich hin vegetieren würde. Mit peinlichster Genauigkeit wiederholte er dann das Ritual des Desinfizierens und Polierens des chirurgischen Bestecks und des Obduktionstisches, der voller Blut war. Es vergingen einige Stunden, und als der Padre sein Labor zufrieden verließ, stand die Sonne bereits am Himmel und verbreitete zartes Morgenlicht.

Endlich konnten die Vampire ihre Verstecke verlassen, und Domenico stürzte sofort zur Tür, um sich um das halbtote Mädchen zu kümmern. Er wollte es nicht wahrhaben, dass sie nicht mehr zu retten war, dass ihr junges Leben zu Ende ging. Er wollte die Tür öffnen, doch sie bewegte sich keinen Millimeter. Domenico trat einen Schritt zurück und sah verwirrt auf die Türklinke.

«Wahrscheinlich ist Sonnenlicht dahinter», erklärte Ares. «Die dunkle Aura schützt uns vor dem Tod. Türen, die zu sonnenlichtdurchfluteten Räumen führen, bleiben für uns verschlossen.»

«Im Keller?» Domenico erkannte darin keine Logik.

Ares hob die Schultern.

«Wir sollten verschwinden. Ihr ist ohnehin nicht mehr zu helfen.» Er ging die Treppe hinauf und Domenico folgte ihm niedergeschlagen.

^^V^^

Domenico fand an diesem Tag keinen Schlaf. Immer wieder musste er an das Mädchen denken und machte sich Vorwürfe, nicht eingegriffen zu haben. Was hätte ihm der alte, klapprige Padre schon zu Leide tun können?

«Viel.» Ares war ebenfalls noch wach. «Dich scheint diese Sache ja ganz schön zu beschäftigen, wenn du sogar zulässt, dass ich deine Gedanken lese», bemerkte er.

«Weshalb haben wir sie nicht gerettet?» Domenicos Stimme klang verzweifelt.

«Weil wir dann selbst in Schwierigkeiten gekommen wären. Dieser Padre ist um einiges gefährlicher, als ich gedacht habe.»

«Was?» Domenico konnte Ares nicht ganz folgen.

«Er ist ... kein normaler Mensch. Diesen Eindruck habe ich jedenfalls», versuchte er zu erklären. «Ich weiß nicht, was es ist, aber er ist anders als die anderen.»

«Er wird uns an den Kragen gehen, wenn er uns entdeckt, oder?», fasste Domenico kurz und bündig zusammen.

«Er wird es zumindest versuchen», musste Ares zugeben.

«Na wundervoll», murmelte Domenico voller Sarkasmus.

«Ich war es nicht, der in dieser Kirche leben wollte», entband sich Ares jeglicher Verantwortung.

«Es zwingt dich niemand dazu», antwortete Domenico kühl, und Ares fühlte, dass sich der Abstand zwischen ihnen wieder vergrößerte. «Doch, du», dachte er, «auch wenn du dir dessen nicht bewusst bist.» Ares hoffte, dass Domenico seine Gedanken nicht las, aber seine Furcht war unbegründet, da sein Gefährte überhaupt nicht die Absicht hatte, es zu tun. Er versuchte an ein schönes Erlebnis zu denken, um sich zu entspannen und Schlaf zu finden. Leider gab es kaum eine Erinnerung, die nicht mit etwas Negativem verbunden war. Schließlich fand Domenico doch etwas, genauer betrachtet jemanden: Lilian.

^^V^^

Der dunkle Schleier der Nacht senkte sich langsam auf die Stadt herab, und Domenico war bereits wieder wach. Er hatte kaum drei Stunden geschlafen und fühlte sich dementsprechend müde und unausgeruht. Er sah hinüber zu Ares, der einen tiefen Schlaf wie ein Baby hatte und darum zu beneiden war. Leise stand er auf und begab sich alleine in Padre Robertos Gruselkabinett. Domenico bewegte sich mit der Vorsicht einer Raubkatze durch die Dunkelheit, um auf keine unangenehme Überraschung zu treffen. Als er die Hand an die Türschnalle legte, an der er gestern Nacht gescheitert war, hörte er Schritte hinter sich und ging reflexartig in Angriffsposition, glücklicherweise war es nur Ares, der ihn gesucht hatte.

«Kannst du mich nicht aufwecken?», fragte er barsch. Domenico überhörte diesen Vorwurf und versuchte sein Glück abermals an der Türschnalle. Die Tür ließ sich noch immer nicht öffnen. «Bist du denn so schwach?» Ares schob ihn vorsichtig zur Seite und rüttelte selbst an der Türschnalle, doch nichts rührte sich. Die Tür war und blieb zu.

«Verdammt!» In Ares' Augen leuchtete für einen Moment Schrecken auf. «Verdammte UV-Licht-Lampen! Scheiß Fortschritt! Früher konnte man als Vampir noch ungestört leben!», fluchte er und stieß in seiner Wut gegen einen großen, doppeltürigen Wandschrank. Eine der Türen ging auf, und ein Körper stürzte neben Ares zu Boden. Domenico war blitzschnell über ihm und untersuchte ihn mit einem raschen Blick, um festzustellen, was ihm fehlte. Der Mann war genauso entstellt und seziert wie das Mädchen. Ihm fehlten ebenfalls Augen, Fingernägel und Zähne, und sein ganzer Körper war aufgeschlitzt und misshandelt. In seiner Bauchhöhle befanden sich keine Eingeweide mehr.

«Das ist Thomas», flüsterte Ares zutiefst erschrocken.

«Er lebt noch», stellte Domenico fest und stützte die schwachen Halswirbel des Mannes, indem er ihm die Hand in den Nacken legte und seinen Kopf hielt.

«Leben nennst du das?», fragte Ares entsetzt. Thomas begann zu röcheln, wollte etwas sagen, doch es gelang ihm nicht. Ein leises Rumpeln kündigte die Ankunft des Padres an. Domenico zuckte kurz zusammen, dennoch wich er nicht von der Seite des sterbenden Vampirs. Es würde Thomas nicht den

Händen des brutalen Padre überlassen. Er konnte Thomas' Angst und Verzweiflung deutlich spüren. Doch Domenico hatte die Rechnung ohne seinen Gefährten gemacht. Ares war sich voll bewusst, dass sie das gleiche Schicksal erleiden würden wie Thomas und das Mädchen, wenn der Padre sie entdeckte. Er riss Domenico mit Gewalt von Thomas weg, da ihm klar war, dass er nie freiwillig gehen würde, durchbrach mit einem kräftigen Schlag die Ziegelwand und gelangte in einen verstaubten Nebenraum. Als er ein Stück weit entfernt eine Holztreppe nach oben erspähte, zerrte er Domenico hinter sich her ins Erdgeschoss zurück. Dort angelangt hastete Ares zur einer Seitentür des Kirchenschiffes und stürzte, Domenico noch immer fest im Griff, ins Freie. Im Gegensatz zu Domenico wusste Ares, dass sie nun um ihr Leben, oder wie immer man es nennen mochte, rennen mussten. Domenico schien im ersten Augenblick den Ernst der Situation gar nicht zu realisieren. Erst nachdem Ares einen kurzen Moment energisch an Domenicos Arm gezerrt hatte, lief der junge Vampir, sich der Gefahr nun bewusst, von selbst neben seinem Gefährten her. Sie hörten die Schritte des Padres hinter sich, der völlig unvermutet und trotz seines Alters ein unglaublich schneller Läufer war. Getrieben von der Gier, jemanden zu quälen, zu erforschen und ihn schließlich langsam sterben zu lassen, hatte er die Verfolgung der flüchtigen Vampire sofort aufgenommen und kam ihnen immer näher. Die beiden schlugen Haken, versuchten ihn in die Irre zu führen, aber nichts davon war erfolgreich. Ares fiel noch eine letzte rettende Idee ein und es gelang ihm einige kurze, hohe Pfiffe auszustoßen. Einen Moment später flog eine Schar von Fledermäusen über seinen Kopf hinweg und nahm Kurs auf den Padre. Ares und Domenico liefen unbeirrt weiter, durch das Netz der Straßen, immer in der Angst verfolgt zu werden, und schafften es schließlich ein Taxi zu stoppen, in das sie eilig einstiegen.

«Wann geht der nächste Flug weg von hier?», erkundigte sich Ares außer Atem und vergewisserte sich mit einem kurzen Blick, ob Domenico überhaupt wohlbehalten neben ihm im Wagen saß. Ja, er war da.

«Erst morgen Mittag, glaube ich», antwortete der Taxifahrer, erstaunt über die Hektik seiner Fahrgäste.

«Das ist zu spät, bringen Sie uns zum Bahnhof!», ordnete Ares an und der Fahrer fuhr los. Durch die Heckscheibe konnten die beiden Vampire Padre Roberto erkennen, der auf der Straße von den Fledermäusen attackiert wurde.

«Ich hoffe, es passiert ihnen nichts». murmelte Ares etwas besorgt.

^^V^^

Ares legte sich quer über die drei Sitzplätze der einen Seite des Abteils und schloss für einen Moment erschöpft die Augen. Als er sie wieder öffnete, galt sein erster Blick Domenico, der ihm gegenüber saß, geistesabwesend aus dem Zugfenster starrte und die finstere Landschaft der Toscana unbeachtet an sich vorbei ziehen ließ.

«Vampirkiller», flüsterte Ares zu sich selbst, denn er nahm nicht an, dass Domenico in der Verfassung war, ihm zuzuhören. Ares rollte sich vom Rücken auf die Seite und ließ es zu, dass ihm seine langen, schwarzen Haare übers Gesicht fielen wie ein dichter, dunkler Schleier, der einen alles vergessen ließ. Domenico war kaum in der Lage, einen klaren Gedanken zu fassen; sein Verstand wollte untertauchen, wollte alles löschen, was er gesehen und empfunden hatte, und vor allem wollte er eines: Ruhe. Doch diese Ruhe blieb ihm verwehrt. Domenicos Verwirrung schien nur noch größer zu werden, während er versuchte, die jüngsten Ereignisse zu ordnen und zu verarbeiten. Sein Kopf tat weh und er zitterte, ob aus Kälte, Angst oder Überanstrengung, konnte er nicht sagen. Er war um sein Leben gerannt, und zum ersten Mal war ihm bewusst geworden, wie sehr er an seiner Existenz als Vampir hing. Er wollte kein körperloses Wesen sein wie Lola, das bis in alle Ewigkeit durchs Universum schwebte und kaum Kontrolle über sich hatte. Doch je mehr Domenico darüber nachdachte, desto klarer wurde ihm, dass es nicht der Tod gewesen war, den er gefürchtet hatte, sondern die Schmerzen, die ihm der Padre ohne Zweifel zugefügt hätte. Während seine Augen ins

Dunkel starrten, versuchte sein Geist sich zu entspannen, und langsam gelang es ihm, sich ein wenig zu beruhigen. Die wilden Gedanken ließen nach, und in Domenicos Kopf breitete sich eine angenehme, dumpfe Leere aus, die alles unter sich zu begraben schien. Obwohl das Gefühl an nichts denken zu müssen sehr angenehm war, wusste er, dass sein Kopf innerhalb weniger Stunden wieder genauso wirr wie vorher sein würde. Ares betrachtete Domenico durch einzelne Haarsträhnen hindurch und versuchte irgendeine Gefühlsregung von seinem jungen Gesicht abzulesen, doch es gelang ihm nicht. Einmal legte Domenico kurz die schlanke Hand über den Mund, das war aber auch schon alles. Ares wunderte sich, wie man nur so mystisch und undurchschaubar sein konnte: Domenico erschien ihm immer mehr wie eine Sphinx. Je länger er ihn kannte, desto fremder schien er ihm zu werden. Oder bildete er sich das nur ein? Möglicherweise war er es selbst, der sich ständig veränderte. Die Tür des Abteils öffnete sich, und Ares setzte sich auf, um den Eindringling zu mustern. Domenico warf nur einen kurzen Blick auf den Mann, der im Türrahmen stand, und widmete sich wieder der angenehmen Finsternis außerhalb des Fensters.

«Guten Abend, ich bin Giancarlo vel Monte. Es scheint, als würde ich dies Abteil mit Ihnen teilen», stellte sich der unscheinbare, jedoch eindeutig wohlhabende Mann vor.

«Das glaube ich nicht», antwortete Ares abweisend. «Wir haben das Abteil für uns alleine gebucht. Sie müssen sich geirrt haben.» Giancarlos Blick blieb angetan an Domenicos reizvoller Gestalt hängen, für einen Moment war er unfähig zu antworten. Ares entging die Veränderung des ungebetenen Gastes nicht und er schob ihn aus dem Abteil.

«Wiedersehen.» Noch bevor Giancarlo etwas erwidern konnte, schloss Ares die Tür und bewahrte so seine und Domenicos Privatsphäre. Domenico schien die Szene gar nicht wahrgenommen zu haben, er sah immer noch schweigend aus dem Fenster. Ares griff nach einer Zeitung, um sich etwas abzulenken, und begann darin zu blättern. Als er wieder aufsah, lag Domenico ihm gegenüber auf der Sitzbank, mit angezogenen Beinen und den Kopf auf den angewinkelten Arm gebettet, und schlief. Ares betrachtete ihn wohlwollend. Das feine Gesicht mit den klaren Zügen, die etwas verschreckte Haltung und der dünne Körper lösten bei Ares nach wie vor eine Art von Beschützerinstinkt aus. Er fühlte sich immer wieder auf gewisse Weise zu seinem Gefährten hingezogen. Domenico bewegte sich leicht im Schlaf, wirkte wie ein Engel, auf die Erde gestürzt, der sich nun in der Welt seiner Träume erholte. Ares lächelte verschmitzt und widmete sich wieder der Zeitung, die bereits zwei Tage alt war. Den seltsamen Mann, der ihn vorhin gestört hatte, hatte er schon längst vergessen. Langsam wurde es Tag draußen, aber da die Sonne nicht schien und der Himmel grau und voller Wolken war, verzichtete Ares darauf, die Vorhänge zuzuziehen, und warf hin und wieder einen Blick auf die taghelle Landschaft. Domenicos Schlaf wurde unruhig, das helle Licht störte ihn. Schließlich wachte er auf und blickte verwirrt um sich. Verschlafen rieb er sich die Augen und sah Ares an.

«Wo sind wir?» Seine raue Stimme veranlasste Ares dazu aufzusehen. Er warf einen prüfenden Blick aus dem Fenster.

«Noch in Italien», antwortete er.

«Und wohin fahren wir?» Domenicos Blick war glasig und abwesend.

«Weg.» Ares wusste selbst nicht, wohin er wollte. «Einfach nur weg.» Domenico nickte. Er verschränkte die Arme und sah aus dem Fenster. Es gab nichts Wichtiges zu sagen, keine Frage, keinen Gedanken, der es wert war, ausgesprochen zu werden. Je weiter sich der Zug der italienisch-österreichischen Grenze näherte, desto mehr bauten sich Angst und Anspannung ab. Und doch blieb eine seltsame Ungewissheit zurück. Bis vor kurzem hatte Domenico nicht einmal gewusst, dass es in der heutigen Zeit noch Vampirkiller gab. Er hatte immer gedacht, dass die einzige Gefahr für einen Vampir im Licht der Sonne bestand. Nie wäre er auf die Idee gekommen, dass Wesen wie er reizvoll genug waren, um gejagt und getötet zu werden.

«Hast du gewusst, dass es sie gibt?», fragte er Ares. Er brauchte weiter nichts zu sagen, Ares wusste wovon er sprach.

«Ja, aber ich hatte noch nie zuvor Kontakt mit ihnen.» Ares ließ die Zeitung sinken. «Vor meinem jetzigen Leben gab es einen bekannten Vampirjäger, vor dem sich selbst die Sterblichen fürchteten. Damals habe ich kaum auf die Geschichten geachtet, die die Leute aus dem Dorf erzählten. Dieses Thema hat mich weder betroffen noch interessiert. Ich glaube nicht an Vampire. Aber soweit ich weiß, hatte er auch ziemlich scheußliche Mittel uns auszulöschen. Als ich dann ein Vampir war, hielt er sich nicht in der Gegend auf, wo ich beheimatet war, und so kam ich glücklicherweise nie in Kontakt mit ihm. Aber einige haben mir erzählt, wie es war, als er sie gejagt hatte. Nicht wenige sind ihm zum Opfer gefallen. Aber dieser Vampirkiller ist schon lange tot. – Gut, dass er sich nicht das ewige Leben schenken ließ, sonst hätten wir ihn jetzt noch am Hals», bemerkte er noch.

Domenico schien nachzudenken.

«Wäre es möglich, dass der Padre uns nachreist?»

Ares sah ihn unschlüssig an.

«Ich weiß es nicht. Bei den Menschen ist alles möglich.»

«Können wir uns irgendwie schützen?»

«Kaum. Natürlich könnte man versuchen ihn zu beißen, aber möglicherweise hat der Kerl durch seine Experimente irgendwelche Methoden, die er gegen uns anwenden kann, von denen nicht einmal wir eine Ahnung haben.»

«Es ist aussichtslos», bemerkte Domenico.

«Es ist gefährlich», präzisierte Ares die Lage. Eine Zeit lang war es still im Abteil. Schließlich brach Ares das Schweigen. «Du hattest felsenfest vor, bei Thomas zu bleiben», bemerkte er.

«Ja. Ich konnte seine tiefe Angst fühlen, er hätte dringend jemanden gebraucht. Aber es war dumm von mir, ich habe dich dadurch gefährdet. Weshalb bist du nicht alleine gegangen?» Ares sagte nichts, sein Blick sprach deutlich genug. «Hätte ich dich denn dort alleine lassen können?» war hinter seine dunklen Augen, die in einem samtigen Braun schimmerten, zu lesen. Domenico senkte den Kopf und fand keine Antwort auf diese unausgesprochene Frage, er konnte sich absolut nicht in Ares hineinversetzen, sein Schöpfer war ihm einfach zu schleierhaft. Der Schaffner wollte gerade mit einem Grenzbeamten an seiner Seite die Tür zum Abteil öffnen, um nach den Pässen und Fahrkarten zu verlangen, als ein Blick aus Domenicos hellen Vampiraugen reichte, sie einander etwas verwirrt ansehen zu lassen. Dann entschieden die beiden, dass wohl niemand in diesem Abteil saß und gingen weiter.

«Österreich», sagte Ares leise.

«Warst du jemals hier?»

«Nein.» Domenico betrachtete interessiert die Landschaft. «Es ist sehr grün.»

Ares nickte.

«Wir sollten uns in der Nähe einer Stadt aufhalten. Das wäre am sichersten.»

«Es gibt viele Städte in Österreich», bemerkte Domenico.

«Wir werden schon eine finden, die uns gefällt», versicherte ihm Ares ruhig. Und genau das taten sie auch.

^^V^^

Ares bestand darauf, vorerst einmal in ein Hotel zu ziehen; er war noch etwas traumatisiert von der Kirche. Domenico war es egal, Hauptsache, sie waren ungestört und wurden von niemandem mit unangenehmen Fragen belästigt. Es war ein diesiger Tag, und zum Schutz ihrer empfindlichen Augen trugen beide dunkle Sonnenbrillen. Der Page, der sie auf ihre Zimmer brachte, sah sie etwas seltsam an, machte sich aber keine weiteren Gedanken über ihre etwas unübliche Erscheinung. Es gab so viele seltsame Menschen hier, besonders Touristen, da fielen diese beiden finsteren Gestalten auch nicht weiter auf. Der Page bekam gutes Trinkgeld und das ließ ihn loyal werden. Die Vampire trennten sich, jeder ging in sein Zimmer, und ein kurzer Blick genügte, der sie wissen ließ, dass sie sich am Abend hier wieder trafen.

Domenico ließ sich sofort erschöpft aufs Bett fallen und ruhte sich etwas aus. Die anstrengende Zugfahrt und die Wartezeiten, die sie in Kauf nehmen mussten, um hierher zu kommen, hatten an seinen Kräften gezehrt. Abgesehen davon war es Tag und ohnehin Zeit zum Schlafen. Domenico schlief schnell ein. Hier fühlte er sich einigermaßen sicher, geborgen unter einem Mantel angenehmer Anonymität. Hier interessierte sich niemand dafür, wann man das Hotel verließ und wann man wiederkam. Solange man seine Rechnung bezahlte, konnte man tun, was man wollte; unangenehm auffallen sollte man natürlich dennoch nicht. Damit hatte Domenico kein Problem, er zog es ohnehin vor, von den Menschen nicht gesehen und beachtet zu werden, was bei seiner Erscheinung allerdings nicht ganz einfach war. Die Sonne versank hinter den Dächern der Stadt, aber Domenico bemerkte es nicht. Sein Schlaf war zum ersten Mal seit langem wieder tief, ruhig und erholsam.

Als er ausgeruht und mit einiger Neugier die Augen öffnete und aus dem Fenster sah, funkelten ihn bereits die Sterne am Himmel an. Er stand auf und ging auf den Balkon hinaus. Die Luft war etwas kühl, roch aber nach Frühling und versprach warme Tage. Domenico suchte den Mond, konnte ihn aber nicht entdecken. Ob man ihn von hier aus überhaupt sah? Er gab die Suche auf und betrachtete den Ausblick auf die Stadt, der sehr beeindruckend war. Obwohl bereits am Tag viele Leute die Straßen und Gehwege füllten, schien die Stadt am Abend erst richtig aufzuleben. Domenico überlegte, ob es im Winter auch so war, kam aber zu dem Schluss, dass das rege Treiben wohl auf das angenehme Wetter zurückzuführen war. Er verließ das Zimmer und traf im Flur auf Ares, der auf der Treppe saß und bereits auf ihn wartete. Er lächelte Domenico zu und stand auf, als er näher kam.

Sie gingen aus dem Hotel und die Straßen entlang, sahen sich die Gebäude, Geschäfte und Menschen der Stadt an und waren zufrieden mit der Wahl dieses Ortes.
«Wie, glaubst du, schmeckt österreichisches Blut?», überlegte Ares neugierig.
«Nach Mensch», vermutete Domenico wortkarg.
«Sei doch nicht immer so negativ. Inhaliere das Leben der Stadt, das ist beinahe so wie ein guter Biss», riet ihm Ares fröhlich.
«Ich glaube nicht, dass man das vergleichen kann», meinte Domenico darauf.

«Ich schon.» Ares hielt an seinem Standpunkt fest und pfiff einer hübschen Frau nach. Sie drehte sich um, zwinkerte ihm zu und setzte ihren Weg fort.

Domenico schüttelte den Kopf, er verstand Ares wieder einmal nicht.

«Und wieder gehen wir durch die Stadt, um Menschen zu jagen. Es ist immer das Gleiche», erkannte er bitter.

«Versink nicht in Melancholie, genieße doch die Gegenwart! Ich möchte dich einmal lachen sehen», forderte ihn Ares auf.

«Du hast noch die ganze Ewigkeit, darauf zu warten», antwortete Domenico ernst.

Ares überhörte diese Antwort einfach und lächelte.

«Na, dann wünsche ich dir Glück für heute Abend», sagte er und trennte sich von seinem Gefährten – eine Angewohnheit, die sich bei der Jagd sehr bewährt hatte, da Domenico seine Nächte ohnehin lieber alleine verbrachte. Domenico nickte kurz und hob zum Abschied die Hand. Dann ließ er seine Blicke schweifen, um sich ein geeignetes Opfer zu suchen. Seine Wahl fiel auf einen jungen Mann, dem er sich in einem Hauseingang kurz und bündig widmete. Als er mit seinem allnächtlichen Ritual fertig war, huschte er wieder auf die belebten Wege und mischte sich unter die Leute. Seinen aufmerksamen Ohren fiel plötzlich ein vertrautes Geräusch auf. Ein leises Schlucken drang zu ihm, und er ging ihm neugierig nach. Hinter ein paar dichten Sträuchern, in einem einsamen Park fand er die Quelle des Geräusches: Ein junger Mann, dem Aussehen nach ungefähr so alt wie Domenico selbst, vielleicht etwas älter, kniete über einer Frau und trank gierig ihr Blut. Als er Domenico sah, zuckte er zusammen und wusste einen Moment nicht, wie er reagieren sollte.

«Ich weiß, was du hier tust», sagte Domenico leise, um den fremden, verunsicherten Vampir nicht zu erschrecken.

«Du ... du weißt über mich Bescheid?» Der junge Mann stand auf und ließ den leblosen Körper der Frau achtlos im Gras liegen.

«Das ist nicht schwer, wenn man dich trinken sieht», verriet ihm Domenico.

«Und wer bist du?»

«Einer, der genauso verflucht ist wie du.»

«Du gehörst zu uns?» Die Verwunderung des Vampirs schien immer größer zu werden. Domenico nickte. «Woher hast du diese Augen?», fragte der Fremde und entlockte Domenico ein Lächeln.

«Die hatte ich schon immer», antwortete er.

«Oh, ja dann, so etwas ... ähm ...» Der junge Mann wischte sich über die Lippen. Er war schlank und durchtrainiert, hatte silbergraue, kurze Locken und ein attraktives Gesicht. «Ich bin Silver Karmont», stellte er sich schließlich vor. Domenico nannte ebenfalls seinen Namen und nickte Silver zu. Zusammen schlenderten sie durch den Park.

«Wie hast du mich entdeckt?», wollte Silver wissen.

«Dein Schmatzen war nicht zu überhören.»

Silver lachte über diese Antwort.

«Tut mit Leid, aber wenn ich Hunger habe, achtet kein Teil meines Gehirns auf meine Manieren.»

«Das kann ich verstehen», stimmte ihm Domenico zu.

Silver betrachtete ihn von oben bis unten und musterte ihn genau.

«Du bist so jung, wie alt warst du, als es passierte?»

«Gerade achtzehn.»

«Herrje, das ist ja beinahe Frevel, in dem Alter ist man fast noch ein Kind!», rief Silver überrascht aus.

Domenico nickte wissend. «Ja, das weiß ich jetzt auch. Ich dachte damals noch, ich könnte die Welt verändern.» Er betrachtete das grüne Gras des Parks.

«Ja, das glauben alle Kinder in diesem Alter. Aber was red ich, ich selbst war damals auch nicht viel älter.» Silver lächelte.

Domenico sah ihn einfach nur an, statt zu fragen.

«Es ist schon sehr lange her. Ich war zwanzig, als ich den Fehler beging, meinem Schöpfer über den Weg zu laufen. Ich war ... – Moment, interessiert es dich überhaupt, meine Geschichte zu hören?»

Domenico lächelte leicht. «Wenn du möchtest, erzähl sie», forderte er Silver auf.

«Danke, es ist erleichternd, mit jemanden darüber reden zu können. Eigentlich peinlich, dass es mich noch immer belastet – es ist doch schon verdammt lange her.»

«Du hast sie bestimmt schon hundert Mal erzählt», vermutete Domenico.

«Einige Male.» Silver nickte. «Aber ...», er sah Domenico unsicher an, «du willst sie eigentlich gar nicht hören, stimmt's?»

«Nun erzähl schon.» Wenn es Silver gut tat, sollte er sich seine Geschichte von der Seele reden.

«Gut. Ich war auf einem Gelage und sturzbetrunken. Ich hatte weder eine Ahnung, was um mich herum geschah noch wo und wer ich war. Plötzlich stand dieser Kerl da, brachte mich raus an die frische Luft, redete irgendwas von ewiger Jugend, und in meinem Rausch habe ich wohl dem verhängnisvollen Biss zugestimmt. Oder auch nicht, ich kann mich nämlich absolut nicht mehr daran erinnern. Wie auch immer, am nächsten Morgen erwachte ich mit einem scheußlichen Kater und lag in einem fremden Garten. Ich stand auf und versuchte mit einiger Mühe den Weg nach Hause zu finden. Das Tageslicht stach in meinen Augen, was ich aber als Reaktion auf den übermäßigen Alkoholkonsum abtat. Der Himmel war verhangen und es regnete, deshalb konnte mir die Sonne nichts anhaben. Hätte sie die Wolken durchbrochen, wäre ich gleich am ersten Tag meines neuen Lebens gestorben. Zu Hause frühstückte ich, wie das beinahe alle Menschen tun, erbrach aber alles sofort wieder. Erneut dachte ich, der Alkohol sei daran schuld, kümmerte mich nicht weiter darum und ging schlafen. Als ich auch am nächsten Tag keine Nahrung bei mir behielt, beschlich mich ein seltsames Gefühl. An diesem Abend hatte mein Bruder einen Unfall und kam mit einer stark blutenden Wunde nach Hause, er hatte sich den ganzen Unterarm aufgerissen. Ich verspürte plötzlichen Hunger und lechzte nach seinem Blut. Ich war völlig entsetzt über meine abartige Begierde. Als ich mich in der Nacht am Bett meines Bruders wiederfand und seine Verletzung leckte, wurde mir endgültig bewusst, zu was ich mutiert war.» Er sah auf die Bäume und schließlich zu Domenico. Als er sein offenkundiges Interesse bemerkte, fuhr er fort. «Meinem kleinen Bruder Thad habe ich nichts getan, aber ich merkte bald, dass meine ganze Familie zu Vampiren wurde.» Er machte eine kleine Pause. «Und mein älterer Bruder war es, der die Krankheit in die Familie gebracht hatte. Er war es auch, der mich auf dem Fest dazu verführt hatte, von seinem Blut zu trinken. Ich war so betrunken, dass ich ihn nicht erkannt hatte. Lediglich meine jüngsten Geschwister ließ er als Menschen weiterexistieren, sie waren noch zu klein, um Vampire zu werden. Doch später holte auch sie der Fluch ein.» Silver schloss seine Erzählung.

Nun wusste Domenico auch, wen er vor sich hatte. Es handelte sich um einen von Theresas älteren Brüdern, die sie ihm gegenüber einmal erwähnt hatte.

«Ich kenne Theresa, deine Schwester», sagte er.

«Wirklich?» Silver war erfreut. «Wie geht es ihr?»

Domenico hob die Schultern.

«Damals schien es ihr gut zu gehen, aber es ist Jahre her, seit ich sie gesehen habe.»

«Ach, was bedeuten schon Jahre», sagte Silver und lächelte. «Ich bin sicher, der kleine Besen schlägt sich durch.»

«Es bleibt ihr gar nichts anderes übrig», bemerkte Domenico.

«Ja», gab Silver nickend zu, «keinem von uns. Hast du schon einmal ... jemanden ... zum Vampir gemacht?», fragte er etwas schüchtern.

Domenico sah ihn still und aufrichtig an.

«Nein, und ich habe es auch nicht vor», sagte er schließlich ernst.

«Ich auch nicht», verriet Silver etwas beschämt. «Aber entgeht einem da nicht eine Erfahrung?» Dieses Problem schien ihn zu beschäftigen.

«Auf diese Erfahrung kann ich gern verzichten», bemerkte Domenico.

«Es ist doch nicht schlimm, oder? Ich habe eben noch nie jemandem das ewige Leben weitergegeben», überlegte Silver.

«Genau!» Hinter ihnen raschelte es, und ein junger Mann, Silver unglaublich ähnlich, trat zu den beiden hinzu. «Er ist noch eine verfluchte Jungfrau!» Er schlug Silver lachend auf den Rücken. Domenico fiel auf, dass die Haare von Silvers Bruder braun waren.

«Seth, hör auf!», bat Silver ruhig. «Domenico interessiert so etwas nicht.»

«Aber du hast es ihm doch gerade selbst erzählt.» Seth drängte sich zwischen Domenico und Silver und schloss sich ihrem Spaziergang an. «Er hat noch nie einen Vampir geschaffen, das ist doch zum Brüllen, nicht wahr?», fragte er Domenico überdreht. Domenico gönnte sich mehr Abstand von Seth und schickte ihm nur einen ernsten Blick.

«Du musst ihm verzeihen, das Blut wirkt immer so auf ihn. Wenn er nichts getrunken hat, ist er ein sehr netter Kerl», entschuldigte sich Silver für seinen Bruder. Domenico vermittelte ihm mit einem angedeuteten Lächeln, dass er nicht verstimmt oder gar böse wegen Seths Verhalten war, sondern lediglich etwas überrascht. Es hatte sich angehört, als würde Silver über einen Alkoholiker sprechen.

«Auch er ist meinem Bruder Sokrates zum Opfer gefallen», erklärte Silver und zuckte verlegen mit den Schultern.

«Ja, und dafür liebe ich ihn!», rief Seth euphorisch.

«So? Für was liebst du ihn denn?», fragte Domenico interessiert und gab die Antwort darauf gleich selbst. «Dafür, dass er dir die Chance auf ein normales Leben geraubt hat, oder weil er dich der Ewigkeit verkauft hat? Vielleicht aber auch deswegen, weil du nie deinen Frieden finden wirst.»

Seth blieb stehen und mit ihm die anderen beiden Vampire, abwartend. Er sah Domenico an, als würde ihm ein Licht aufgehen, aber Domenicos Frage hatte ihm die Sprache verschlagen.

«Du könntest Recht haben», brachte er schließlich hervor. «Es gibt keinen Grund mehr Sokrates zu lieben, und ich weiß auch nicht, weshalb er mich zu einem Vampir gemacht hat.»

«Damit er dich nicht töten musste und für immer verlor», antwortete ihm Domenico. «Die meisten Schöpfer lieben ihre Opfer in dem Augenblick, in dem sie sie zu Vampiren machen.»

«War es bei deinem Schöpfer auch so?», fragte Seth arglos. Domenico sah ihn erschrocken an, dann lachte er bitter.

«Nicht wirklich! Mein Schöpfer ...» Er wusste nicht, was er über Ares sagen sollte, ihm fehlten die passenden Worte. Die Brüder sahen ihn gespannt an, aber Domenico winkte ab. Über Ares gab es nichts zu sagen, nichts, was Silver und Seth betraf oder interessierte.

«Aber was ist das denn für ein Leben, das wir führen?», überlegte Seth angestrengt.

«Das fragt sich jeder von uns früher oder später.»

Seth sah Domenico verwundert an.

«Was bist denn du für einer? Du bist nicht so krampfhaft darauf bedacht, glücklich zu sein, wie die anderen.»

Domenico schüttelte den Kopf.

«Ich unterscheide mich nicht großartig von den anderen.»

«Du kommst mir aber so vor.» Seth betrachtete ihn nun aufmerksam und fand Gefallen an dem jungen, tiefgründigen Vampir. Domenico wandte sich zum Gehen.

«Wir sehen uns!», rief ihm Silver nach, und Domenico drehte sich noch einmal um, um ihm zu verstehen zu geben, dass er keine Zweifel daran hatte.

Er traf Ares auf der Straße zum Hotel.

«Und, schmeckt dir österreichisches Blut?», erkundigte sich Ares.

«Es ist wie alle anderen Arten von Blut», antwortete Domenico. «Es macht uns süchtig und wird uns zum Verhängnis.»

«Ein süßes Verhängnis», frohlockte Ares. «Besonders wenn die Spenderin blonde Locken und Kurven wie eine Rennbahn hat», fügte er hinzu.

«Wo liegt sie jetzt?», fragte Domenico seufzend.

«Bei den Mülltonnen.» Ares konnte unmöglich derjenige von ihnen gewesen sein, der sich verändert hatte.

«Musst du sie denn selbst als Tote noch erniedrigen?», fragte Domenico in der Hoffnung, dass Ares irgendwann doch noch Achtung vor Menschen entwickeln würde.

«Es ist doch egal, wo man die Leichen findet», meinte Ares ohne viel nachzudenken. Domenico sagte nichts mehr. Der Versuch, Ares zum Nachdenken anzuregen, war für heute beendet. «Tot ist tot ist tot, das ist ganz ... Scheiße!» Ares blieb stehen und hielt Domenico an der Schulter fest. «Siehst du das?» Er wies auf einen Baum am Wegesrand, um den locker ein Seil geschlungen war. Am Boden darunter befand sich fahle, graue Asche.

«Was ...?», Domenico stockte. Er hoffte inständig, dass sein Gefühl ihn täuschte.

«Das ist ein Baum, der tagsüber im Sonnenlicht steht.» Ares ließ Domenico kurz Zeit, um über etwas nachzudenken, was er jedoch bereits wusste. «Und das war einer von uns», fügte er hinzu, mit einem Kopfnicken auf die Asche deutend.

«Er ist uns nach gekommen», flüsterte Domenico entsetzt. «Das kann nur von gestern auf heute passiert sein.» Ares nickte.

«Wir müssen weg!» Er begann zu laufen.

Domenico lief ihm nach.

«Ares, wir können nicht ewig vor ihm flüchten!», rief er.

«Nein, aber so lange, bis er stirbt!», meinte Ares.

«Das ist Blödsinn!»

Ares blieb stehen und sah Domenico provozierend an.

«Willst du etwa sterben?»

«Nein, aber du kannst nicht ewig vor deinen Ängsten davonrennen! Stell dich ihnen! Willst du bis in alle Ewigkeit der Gejagte sein?»

An Domenicos Worten war mehr als ein Körnchen Wahrheit, das erkannte Ares, aber er schob diese Erkenntnis sofort von sich.

«Ich will überleben, das ist alles!», erwiderte er zornig.

«Aber was ist das für ein Leben, wenn man sich immer voller Furcht verstecken muss und sich nicht auf die Straße traut? Du kannst fliehen, wohin du willst, er wird dir immer nachstellen!» Ares trat einen Schritt näher an seinen Gefährten heran.

«Domenico», sagte er leise und eindringlich, «du kannst sterben, wenn du ihn vernichten willst. Tot. Du wirst zu einem körperlosen Wesen», versuchte er ihm zu erklären.

Domenico sah ihn voller Widerstand im Blick an.

«Lieber gehe ich in den Tod als in den Wahnsinn.» Seine Stimme klang energisch.

Ares wusste, dass Domenico alles daran setzen würde, sein Ziel zu erreichen. Er schüttelte den Kopf über Domenicos Dummheit, denn als solche empfand er den Entschluss seines Gefährten.

«Überlege es dir gut!», warnte er ihn. «Es ist kaum zu schaffen.» Ares hoffte noch immer, dass Domenico von seiner fixen Idee abzubringen war.

«Wo ein Wille ist, ist auch ein Weg», hielt Domenico entschlossen dagegen.

«Dann geh und stirb, wenn du glaubst, es ist nötig!», zischte Ares, der seine Angst um Domenico hinter Wut verbarg. Domenicos Augen verfingen sich kurz in Ares', dann drehte er sich um und ging, zurück in die Stadt. Domenico hatte fest vor, den Jäger zum Gejagten zu machen und dem Padre das Handwerk zu legen. Ares sah seinem Domenico stumm und resigniert nach; es lag nicht in seiner Macht, Domenico von seinem Vorhaben abzubringen.

«Stay save tonight», flüsterte er Domenicos schmaler Gestalt traurig und zugleich hoffnungsvoll nach. Ares wusste, dass er die Stärke nicht aufbringen konnte, seinem Gefährten in dieser Situation zu helfen.

^^V^^

Domenico spürte Silver und Seth auf. Sie waren einigermaßen überrascht, als die ihn sahen.

«Habt ihr Erfahrung mit Vampirkillern?», fragte er sie, noch bevor einer der beiden fragen konnte, was ihn zu ihnen führte.

«Unser Bruder River wurde von einem getötet», antwortete Silver.

«Das tut mir Leid.» Domenico senkte den Kopf. «Dann werde ich eure Zeit nicht länger beanspruchen. Bitte verzeiht die Störung.» Er wollte schon gehen, da stand Silver auf und hielt ihn am Ärmel seines Mantels fest.

«Was hast du vor?», wollte er wissen und ließ Domenico los, als er merkte, wie unangenehm Domenico die Berührung war.

«Ich gehe und jage einen Vampirkiller», antwortete Domenico so bestimmt, als würde er mit Ares sprechen. Silver sah ihn einen Moment still an.

«Ich komme mit dir», sagte er schließlich, bereit, voll und ganz hinter seinem neu gewonnenen Freund zu stehen.

«Ich danke dir.» Gerade als sie gehen wollten, stand Seth auf.

«Ich gehe auch mit euch. Ich will Rache für River.» Domenico nickte ihm dankbar zu, und sie machten sich auf den Weg. Es war bereits eine Erleichterung, die Last der Gefahr nicht mehr alleine tragen zu müssen, sondern sie mit anderen teilen zu können. Als Erstes mussten sie den Padre finden. Die Spur des Vampirkillers aufzunehmen war zu ihrer Überraschung einfacher, als sie vermutet hatten. Dadurch, gleich hinter zwei Vampiren her zu sein, war der Padre ungeduldig und nachlässig geworden und hatte seine Spuren nicht so perfekt verwischt wie gewöhnlich.

Sie zog sich quer durch die Stadt, zu alten Häusern, Schuppen und Kellergeschossen, überall dorthin, wo sich Vampire gerne versteckten, die auf den Komfort von Hotels verzichten konnten. Wenn er glaubte, dass sich Vampire nur an solchen Orten aufhielten, war er aber nicht auf dem neuesten Stand der Dinge, dachte Domenico und verließ ein verfallenes Haus, in dem der Padre herumgeschnüffelt hatte. Dass der Padre da gewesen war, ließ der intensive Knoblauchgeruch unschwer erkennen. Die drei Vampire suchten jedes Gebäude ab, in dem sich der Alte befunden hatte, und unterdessen erzählte Seth, wie sein Bruder River einem der Killer zum Opfer gefallen war, was den Ärger und den Hass der drei noch schürte.

«Ich weiß nicht, wann man mehr erschrickt. Wenn man erfährt, dass man unsterblich ist, oder wenn man herausfindet, dass es gar nicht stimmt», überlegte Domenico.

«Das nimmt sich wohl nichts.» In Seths Stimme klang Verbitterung. Domenico überlegte, weshalb er den Padre tot sehen wollte, und kam zu dem Schluss, dass sein Hass darauf gründete, dass er seit Jahren seine Innere Zufriedenheit suchte, sie aber nicht fand. Der Padre, der seine Freiheit einschränkte und obendrein auch noch sein Leben bedrohte, bot nun eine willkommene Gelegenheit, sich abzureagieren, ohne sein Opfer als unschuldig betrachten zu müssen. Es war wie bei einem Tier in der Wildnis. Beachtete man es nicht, ließ es einen auch in Ruhe, doch begann man es zu ärgern, griff es an. In diesem Fall handelte es sich um ein paar Vampire, die beschlossen hatten, sich endlich zu wehren.

«Weshalb hast du denn den Wunsch, den Killer loszuwerden?», fragte Silver an Domenico gewandt.

«Er will uns töten, das ist mir klar, aber ich habe das Gefühl, dass dich noch ein anderer Umstand dazu treibt, ihn töten zu wollen.»

«Ich kann es nicht leiden, wenn man Wesen nur deswegen tötet, weil sie versuchen zu überleben», erklärte Domenico seine Beweggründe. Er merkte, dass er nun genau die Wesen verteidigte, die er früher so verflucht hatte. Der Mensch in ihm hatte sich über die Jahre weitgehend zurückgezogen, er schien sich wie ein Virus eingekapselt zu haben und wartete nun still in ihm auf bessere Zeiten, um wieder in Erscheinung treten zu können. In Domenico existierte im Moment nur der Vampir, und das war keine schlechte Voraussetzung dafür, das geplante Vorhaben erfolgreich in die Tat umzusetzen. Sie verfolgten die Spur weiter und mussten bald feststellen, dass sie sich im Gewirr der Straßen verlor. Der Himmel wurde immer heller und die Sterne verblassten nach und nach, bis sie schließlich ganz verschwunden waren. Domenico, Silver und Seth zogen sich in eine Pension zurück, ähnlich einem Motel, und warteten darauf, dass der eben so strahlend begonnene Tag wieder zu Ende ging. Ans Schlafen dachte keiner von ihnen, sie blieben den ganzen Tag über wach.

«Kennst du deinen Schöpfer?», fragte Seth Domenico.

«Ja, ich kenne ihn.»

«Wie ist er?» Die beiden Vampire, die nach ihrer Geburt in die Dunkelheit kaum mehr Kontakt zu ihrem Schöpfer und Bruder hatten, waren neugierig.

«Er ist auch nur ein Vampir», antwortete Domenico, und jeder der beiden anderen interpretierte diese Aussage auf seine Weise.

«Versteht ihr euch gut?», wollte Seth wissen.

«Wir verstehen uns.» Manchmal zumindest, dachte Domenico, sprach es aber nicht aus. In welcher Beziehung er tatsächlich zu Ares stand, wusste er nicht einmal selbst. Wie sollte er es dann zwei anderen erklären?

«Ist er älter als du?»

«Ein bisschen.» Domenico hielt sich an kurze Antworten, die waren am unverfänglichsten.

«Wie bist du Vampir geworden?», fragte Seth weiter. Domenico fühlte sich zunehmend unwohl bei so vielen Fragen.

«Das sollte ich besser für mich behalten.» Er entschied sich die Frage nicht zu beantworten. Die Brüder mussten nicht wissen, wie Ares es geschafft hatte, ihn willenlos zu machen. Das war eine Sache, die nur zwischen ihnen von Belang war, die ging keinen Außenstehenden etwas an.

«Okay, das ist dein gutes Recht», meinte Silver.

«Dürfen wir weiterfragen?»

Domenico hatte nichts dagegen.

«Ich kann aber nicht versprechen, alle Fragen zu beantworten», warnte er sie vor.

Sie waren einverstanden; es interessierte sie, wie es war, seinen Schöpfer so nahe zu kennen.

«Du bist ihm nicht gerade dankbar für die Ewigkeit, die er dir zu Teil werden ließ», stellte Silver fest.

«Nein, absolut nicht. Ich bin aus allen Wolken gefallen, als es mir dämmerte, was er aus mir gemacht hat.» Domenico legte sich für einem Moment die Hände über die Augen, er war müde. «Ich habe ihm bis heute nicht verziehen ... und ich verstehe nicht, weshalb ausgerechnet ich sein Gefährte werden musste.»

Seth stieß Silver lächelnd an.

«Ich schon», flüsterte er und betrachtete Domenico fasziniert. Die Brüder hatten noch viele Fragen, jedoch waren sie alle schon sehr erschöpft und so begingen sie den Fehler einzuschlafen.

Domenico erwachte durch ein eigenartiges Geräusch und als er die Augen öffnete, erblickte er nicht nur Padre Robertos hässliches, hämisches Gesicht über sich, sondern auch einen vorne angespitzten Holzpflock und einen schweren Hammer. Der Padre holte gerade aus und wollte den Pflock durch Domenicos totes Herz stoßen, aber Domenico reagierte blitzschnell und rollte sich vom Bett auf den Boden. Der Holzpflock sauste mit Wucht ins Bett und blieb in der Federkernmatratze stecken. Durch den Lärm waren Silver und Seth erwacht, schlagartig auf den Beinen und nach kurzen Blickkontakt bereit anzugreifen. Sie lenkten die Aufmerksamkeit des Padres auf sich und konnten ihn so davon abhalten, sich auf Domenico, der inzwischen mit dem Rücken an die Wand gedrängt stand, zu stürzen und ihn endgültig aufzuspießen. Da aber Domenico der Jüngste der drei Vampire und daher absolut nicht abergläubisch war, im Gegensatz zu Seth und Silver, war er der Einzige, der Padre Roberto wirklich trotzen konnte. Er ließ sich weder von Knoblauchzehen, Rosenkränzen oder Kruzifixen abschrecken, bei deren Berührung die beiden Brüder unter Schmerzen zusammenbrachen, nachdem ihr Angriff auf den Padre gescheitert war. Selbst das Weihwasser, das Padre Roberto um sich herum verspritzte, ließ Domenico kalt. Er hatte nur ein Ziel vor Augen und das würde er auch erreichen. Er wusste genau, dass ihm nur die UV-Strahlen der Sonne etwas anhaben konnten, und so beschloss er, den alten Padre auf Reaktion und Stärke zu prüfen. Er griff ihn an, wurde aber geschickt abgewehrt. Der Padre hatte mehr Kraft, als er vermuten ließ, und eindeutig Erfahrung im Kampf. Vierzig Jahre als Jäger hatten ihn zweifellos geprägt. Domenico versuchte noch eine Attacke, doch es gelang ihm wieder nicht, den Padre niederzuringen. Der Padre fuchtelte mit Kruzifixen um sich und schrie wilde biblische Sprüche, die Domenico trotz kirchlicher Vorbildung noch nie gehört hatte. Domenicos Angriffe wurden schneller, heftiger und von mehr Hass getrieben, und als die biblischen Verse zu Flüchen geworden waren, erkannte der Padre, dass er bei diesem hartnäckigen, widerstandsfähigen Vampir zu stärkeren Mitteln greifen musste. Ein grelles Licht blitzte auf und schmerzte Domenico so in den Augen, dass er sie sofort reflexartig und schützend schloss. Plötzlich fühlte er brennende Stellen an seinem Körper, die Padre Roberto in sadistischer Weise mit einer UV-Licht-Taschenlampe verursachte, die er voller Genugtuung auf Domenico richtete. Verdammter Fortschritt, dachte Domenico an Ares' Worte und versuchte zu erkennen, wo der Padre stand, während er alle seine Kräfte sammelte. Als er einen brennenden Schmerz auf seiner Brust fühlte, sprang er geradewegs in die Richtung, wo er den Padre vermutete und warf ihn nieder. Er hörte erleichtert, wie die Taschenlampe zu Boden fiel, krallte seine Finger in den Körper des Alten und verbiss sich in seinen Hals, um ihm das dreckige Leben aus dem Leib zu saugen. Der Padre wehrte sich in Todesangst und schlug verzweifelt um sich, aber Domenico war stark genug, ihn nicht mehr loszulassen. Das Blut des Padres strömte in seinen Mund und hinterließ einen bitteren Geschmack auf seiner Zunge. Trotzdem trank Domenico weiter; er wollte es nicht zulassen, dass dieser Mörder überlebte. Die Bewegungen des Padres wurden langsamer, er hatte aufgehört zu schreien, und nach und nach verließen ihn seine Kräfte. Erst als Domenico spürte, dass das Herz des Mannes unter ihm nicht mehr schlug und auch nie wieder schlagen würde, löste er sich von ihm und versuchte aufzustehen. Er öffnete die Augen, doch die totale Finsternis um ihn herum blieb. Er hörte Silvers Stimme, hörte wie er zu ihm sprach, verstand aber die Worte nicht. In seinem Magen begann es zu stechen, und Domenico fühlte, wie er gegen etwas stieß und niederstürzte. Er hörte, wie Silver seinen Namen rief, spürte die Schmerzen in seinem Bauch, empfand Ekel und fand es unglaublich abstoßend, dass er das Blut des Padres in sich trug. Er übergab sich, um seinen Körper vor der Verunreinigung des bösen Blutes zu bewahren, und merkte, dass er sich dadurch gleich besser fühlte. Er konnte nichts sehen – das verwirrte und verunsicherte Domenico – und als ihn Silver berührte, zuckte er erschrocken zusammen.

«Ich bin es nur, Silver», beruhigte ihn sein neuer Freund. Domenico ertrug Silvers Berührung, obwohl sie ihm nach wie vor unangenehm war, und warf den Kopf zurück um Luft zu holen. Silver zog ihn auf die Beine, legte Domenicos Arm um seine Schultern und brachte ihn aus dem Zimmer der Pension ins Freie. Es wurde bereits dämmrig und die Sonne stellte keine Gefahr mehr dar. «Domenico!» Silver rüttelte an den Schultern des erschöpften Vampirs, der irritiert vor ihm stand, wollte, dass er ihn ansah, wollte, dass er mit ihm sprach.

Domenico blinzelte und starrte in das Dunkel vor seinen Augen. «Silver?», vermutete er.

«Ja, ich bin es! Siehst du mich denn nicht?»

«Nein.» Domenico senkte den Kopf. «Ich sehe gar nichts.» Seine Stimme war nur ein kraftloses Flüstern.

«Was?» Silver wusste einen Moment nicht, was er tun sollte. Schließlich führte er Domenico zu einer Bank am Straßenrand, wo sich beide setzen konnten. Domenico litt unter seinen Berührungen, wusste aber, dass das der einzige Weg war, sich zu orientieren.

«Wo ist Seth?», entsann er sich des Dritten im Bunde.

«Tot», sagte Silver leise und seine Trauer übertrug sich augenblicklich auf Domenico. «Der Padre hat ihm ein Kruzifix in die Brust gestoßen.»

«Er ist tot?», flüsterte Domenico fassungslos. «Es hätte ihn nicht verletzt – weshalb hat er daran geglaubt?»

«Seth war abergläubisch, es war in ihm verankert wie die Gier nach Blut», erklärte Silver. Domenico schüttelte den Kopf; das hätte nicht passieren dürfen. «Wir sind aus einer anderen Generation als du», sagte Silver und versuchte, Domenico so zu trösten. «Wir können nicht einfach beiseite schieben, was wir jahrelang geglaubt haben: Knoblauch und Kruzifixe verjagen Vampire – wir sind mit dieser Ideologie aufgewachsen.»

«Es tut mit Leid, Silver, ich hätte euch nicht mit hineinziehen dürfen», meinte Domenico erschüttert. «Es war mein Kampf.»

«Nein, es war unser Kampf», berichtigte Silver. «Und wir sind freiwillig gegangen. Du trägst absolut keine Schuld. Seth hatte ein langes Leben und war sich der Gefahr bewusst, die ihn erwartete.» Domenico sah auf, versuchte Silver anzusehen.

«Es sterben so viele, Silver ... zu viele.»

«Das ist der Lauf der Welt, alles stirbt irgendwann. Selbst der Vampir, wenn er nicht aufpasst.» Silvers Stimme klang tröstlich.

«Ja, aufpasst», wiederholte Domenico, «so, als könnte man kontrollieren, woran man glaubt.»

«An was glaubst du denn?», wollte Silver wissen.

«Ich habe einmal an die Liebe geglaubt, früher. Mittlerweile glaube ich an nichts mehr», antwortete Domenico dumpf. Silver war still. Er hatte seinen Bruder verloren, Domenico war erblindet. Beide hatten sie etwas eingebüßt: Seth sein Leben, Domenico sein Augenlicht. Und womit hatte er bezahlt? Mit nichts, er war ungeschoren davongekommen, auf Kosten anderer. Silver senkte den Kopf und schämte sich.

«Was ist?», Domenico merkte, dass etwas nicht stimmte.

«Ich habe überlebt, doch den Preis dafür habt ihr bezahlt ...», sagte Silver leise.

«Hör auf», erwiderte Domenico sanft, ja beinahe liebevoll. Mehr gab es nicht zu sagen. Domenicos Tonfall ließ Silver erkennen, dass Domenico seine Selbstvorwürfe nicht mehr gelten lassen würde – es war also sinnlos, sie weiterhin auszusprechen. Dennoch ließen sie ihn nicht mehr los.

«Was machen wir nun?», überlegte Silver.

«Nichts, du gehst dort hin zurück, wo du hingehörst», sagte Domenico abgeklärt. «Du hast doch ein Zuhause?»

Silver nickte, erinnerte sich dann aber, dass Domenico nicht sehen konnte und antwortete ihm:

«Ja, habe ich.»

«Gut, geh dorthin und ruh dich aus.»

«Aber was ist mit dir?», wollte Silver wissen. «Ich kann dich doch nicht alleine ...»

Domenico hob die Hand.

«Doch, geh nur, mach dir keine Sorgen um mich.» Silver zögerte. «Geh!», forderte ihn Domenico nochmals mir Nachdruck auf. Silver ging; er hatte jedoch ein ungutes Gefühl dabei, Domenico alleine zu lassen.

Domenico fühlte das kalte Holz der Bank unter seinen Fingern und versuchte sich zu orientieren. Er konnte sich an den Weg erinnern, der ihn hierher geführt hatte. Nun musste er nur noch den Weg zurück finden. Domenico stand auf und horchte. Er musste sich auf seine noch funktionierenden Sinne verlassen, nicht zuletzt auf seinen todsicheren Instinkt. Vorsichtig machte er ein paar Schritte, der Lärm der fahrenden Autos signalisierte ihm, wo sich die Straße befand. Er versuchte auf dem Bürgersteig zu bleiben, was für ihn eindeutig am sichersten war. Er blieb stehen und zog sich die Schuhe aus, um seinen Tastsinn besser einsetzen zu können. Barfuß ging er weiter, langsam an einer Hausmauer entlang, in der einen Hand die Schuhe, die andere tastend an die Mauer gelegt. Nach einem mühevollen Marsch kam er sicher beim Hotel an und ging vorsichtig die Treppe zu seinem Zimmer hinauf.

«Hey!» Er hörte Ares' Stimme dicht neben sich. «Wo kommst du denn her?» Domenico fuhr sich verlegen durch die Haare.

«Von draußen.»

«Ich wollte dir sagen, dass ich ... ich hätte ...» Ares wusste nicht, wie er sich ausdrücken sollte. Er wollte sich entschuldigen, aber es gelang ihm nicht.

«Lass es gut sein», meinte Domenico müde. Dass er in sich gekehrt wirkte, war nichts Neues, aber heute strahlte er etwas Friedliches aus, was Ares stutzig machte.

«Was ist passiert?», fragte Ares forschend und musterte das verschlossene Gesicht seines Gefährten.

«Nichts.» Domenico ging weiter.

«Du hast ihn nicht getroffen?»

«Nein.» Domenico stieß gegen den Feuerlöscher und verletzte sich die Lippe. Ares kam ihm nach. Er sah ihn an, bemerkte seinen wirren Blick, nahm ihn ohne viel zu fragen am Arm und zog ihn in sein Hotelzimmer. In der Mitte des Raumes ließ er ihn stehen und schenkte sich ein Glas Rotwein ein. Domenico leckte sich über seine blutende Unterlippe und befühlte sie prüfend mit den Fingerkuppen. Er wusste nicht recht, was er tun sollte, fühlte sich orientierungslos und verlegen. Ares setzte sich mit dem Weinglas in der Hand aufs Bett und sah Domenico auffordernd an, doch dieser blickte nur ins Nichts vor sich und machte keine Anstalten, etwas zu erzählen. Ares nahm einen Schluck Wein.

«Sag, bist du auf Drogen, oder was?», fragte er etwas ungeduldig, er hatte den Eindruck, dass Domenico nur Spielchen mit ihm trieb.

«Nein, ich bin voll und ganz da.» Domenico tastete so unauffällig wie möglich um sich, stand aber dummerweise völlig frei.

Ares stand auf, stellte das Glas beiseite und ging zu ihm. Er hob Domenicos Kinn an und sah ihm in die türkisen Augen.

Verschreckt zuckte dieser zurück, ließ Ares' Berührung aber schließlich doch einen Moment lang zu.

«Was ist los mit dir?»

Domenico drehte als Antwort nur den Kopf weg und befreite sich aus Ares' Griff. Er fuhr sich über die Augen, machte eine hilflose Bewegung mit dem Arm und schlug mit der Hand unabsichtlich gegen Ares' Schulter. Ares sah ihn überrascht an, langsam erkannte er die Erklärung für Domenicos seltsames Verhalten.

«Du siehst nichts», stellte er fest. «Du bist blind!» In seiner leisen Stimme schien Angst mitzuschwingen. Domenico senkte schuldbewusst den Kopf. «Domenico! Ist das wahr?» Ares nahm ihn bei den Schultern. Domenico sah ihn weder an, noch antwortete er. Dann hob er doch den Kopf und versuchte, seine Augen auf Ares' Gesicht zu richten. Von seiner Unterlippe rann Blut, und seine Augen hatten einen seltsamen, aber aufrichtigen Ausdruck.

«Ja.»

Ein leises Wort, das Ares zutiefst erschreckte. Er holte Luft, musterte das junge, zarte Gesicht seines Gefährten und wischte ihm schließlich mit einer fürsorglichen Geste das Blut vom Kinn.

«Was ist passiert?», flüsterte er besorgt und hoffte, diesmal eine Antwort auf seine Frage zu bekommen.

«Er ist tot, Ares. Du brauchst dich nicht mehr gejagt zu fühlen», sagte Domenico mit klarer Stimme.

«Du hast ihn getötet?» Ares klang fassungslos und sein Gesichtsausdruck stand der Färbung seiner Stimme um nichts nach. Domenico sagte nichts. «Alleine?» Ares war entsetzt; er wollte nicht daran denken, was seinem Schützling hätte passieren können. Dieser musste ihm auch nichts erklären – Ares wusste, dass Domenico auf den Padre getroffen war. «Und ich war nicht da, um dir beizustehen», flüsterte er bedrückt. In diesem Moment hasste er sich selbst.

Domenico machte ihm keinen Vorwurf, er kannte Ares' Stärken und Schwächen und nahm es ihm nicht übel, dass er nicht bei ihm gewesen war. Er schüttelte sanft den Kopf.

«Das ist nicht schlimm, Ares.» Seine Stimme war so sanft wie sein Kopfschütteln.

«Nicht schlimm?», rief Ares voller Bestürzung über sein eigenes Verhalten und wandte sich beschämt ab. «Du bist blind, Domenico! Weißt du, was das bedeutet?» Blöde Frage, dachte er sich gleich darauf, natürlich wusste Domenico, was das bedeutete.

«Ich werde nicht mehr jagen können und sterben», antwortete Domenico leise, sich seiner Zukunft bewusst.

«Sag das nicht», bat Ares, doch er wusste auch, dass sein Gefährte Recht hatte. Domenico war leise, in sich gekehrt und erstaunlicherweise ruhig angesichts dieser aussichtslos erscheinenden Situation. Ares hingegen war umso aufgebrachter. Innerhalb weniger Sekunden wurden ihm einige erschreckende Aspekte bewusst. Domenico hatte den Padre nur für ihn umgebracht, damit er in Ruhe weiterleben konnte. Hinzu kam, dass Ares ihn durch seine Feigheit verlieren würde, den Gefährten, den er sich immer gewünscht hatte. Domenico stand ruhig da und blinzelte, den Blick zur Seite gerichtet. Ares sah ihn stumm an. Zum ersten Mal konnte er ihn betrachten, ohne sich wie ein Voyeur fühlen zu müssen, wenn man von den Blicken einmal absah, die gelegentlich Domenicos Schlaf bewachten. Domenico stand zwar etwas unsicher im Zimmer, wirkte aber nicht so verloren wie sonst, seine Ausstrahlung war stark und offen. Ares fühlte sich schlecht und widerlich. Wieder einmal hatte Domenico ohne ein Wort des Widerspruchs oder der Klage anstandslos seine Arbeit getan.

«Ich könnte für dich jagen», versuchte Ares kleinlaut eine Lösung zu finden.

«Du weißt so gut wie ich, dass das unmöglich ist.»

Ares sah auf Domenicos Lippen. Das Blut rann noch immer. Ares fühlte sich schäbig. Er stellte sich vor Domenico und sah ihn an. Domenico bemerkte seinen Blick und hob den Kopf.

«Ich bin es nicht wert, in deiner Gesellschaft zu sein. Ich sollte mich von dir fern halten, so weit weggehen, wie es nur möglich ist.» Ares machte eine kurze Pause. «Ich sollte mich zum Teufel scheren. Doch mich jetzt einfach so aus der Verantwortung zu stehlen, das wäre noch erbärmlicher als alles andere, was ich dir bereits angetan habe. Ich hoffe, du lässt es zu, dass ich bei dir bleibe.»

Domenico schüttelt erneut den Kopf. Seine Augenbrauen zogen sich zusammen: Zeugen des Schmerzes, der von ihm Besitz ergriff.

«Sei still, Ares, sei einfach nur still», bat er. «Das stimmt doch alles gar nicht. Es war meine Entscheidung, und ich muss alleine mit den Konsequenzen leben.» Er stockte. «... oder sterben», fügte er leise hinzu. Er drehte sich um und wollte Ares' Zimmer verlassen. Dabei stieß er gegen den Kleiderschrank und fühlte Ares' sicheren Griff, der ihn vor einem Sturz bewahrte.

«Du bleibst hier!», bestimmte Ares und schob Domenico zu seinem Bett, wo dieser sich seufzend niederließ.

«Was willst du tun? Mir Menschen auf das Zimmer bringen, damit ich von ihnen trinken kann? Ich kann so nicht leben, Ares! Was ist schon ein blinder Vampir?»

«Wir werden schon eine Lösung finden», versprach Ares und wusste, dass Domenicos Fragen berechtigt waren. «Willst du Wein?» Er wollte Domenico etwas ablenken.

«Prickelt er im Bauchnabel?», hörte Ares' Domenicos Stimme leise hinter sich. Er musste lächeln, glaubte sich verhört zu haben.

«Ich weiß es nicht», gestand er.

«Ich möchte ihn spüren, wenn ich ihn schon nicht sehen kann», bat Domenico. Plötzlich waren ihm seine verbliebenen Sinne besonders wichtig geworden. Ares zögerte einen Moment, setzte sich dann aber mit der Weinflasche in der Hand zu Domenico aufs Bett.

«Willst du es probieren?», fragte er vorsichtig. Domenico nickte. Er ließ sich nach hinten fallen und schob sein Samtshirt in die Höhe. Als er so seinen Bauch und einen Teil der Brust entblößte, sah Ares die Brandwunden, die das UV-Licht auf Domenicos zarter Haut hinterlassen hatte. Er erschrak, äußerte sich aber nicht dazu und fragte auch nicht nach. Domenico lag mit geschlossenen Augen erwartungsvoll auf dem Bett. Behutsam goss Ares ein klein wenig Wein in Domenicos tiefen

Bauchnabel und wartete darauf, dass sein Gefährte etwas sagte. Domenico fühlte die Kühle des Weins und nach einer kurzen Weile auch das zarte Perlen der Kohlensäure auf seiner Haut. Sein ganzer Körper konzentrierte sich nur auf seinen Bauchnabel, alle Nervenstränge schienen dort zusammenzulaufen und sandten das Prickeln mit all seiner Intensität an Domenicos Hirn. Der Hauch eines Lächelns huschte über seine Züge.

«Und?», fragte Ares leise.

«Es prickelt», antwortete Domenico nüchtern, als hätte er nichts anderes erwartet. Dann drehte er sich wohlig, das Gefühl des Weins für immer in sich aufgenommen, zur Seite. Die rote Flüssigkeit zog eine Spur quer über seinen weißen Bauch und versickerte im Leintuch des Bettes.

Bald darauf war er eingeschlafen. Ares trank noch einen Schluck, stand auf und legte eine Decke über Domenicos zarten Körper. Er sollte nicht zu sehr frieren wenn ihn die innere Kälte seines untoten Körpers überfiel. Sie traf einen Vampir um einiges heftiger als der Frost im Winter, der das vampirische Temperaturempfinden nur sehr wenig berührte. Ares ging auf den Balkon hinaus und überlegte, was er mit Domenico tun sollte. Es musste sich eingestehen: Kein Vampir konnte sich von einem anderen durchfüttern lassen. Vampire waren eigenständige Wesen, die um so schwächer wurden, je mehr sie auf jemanden angewiesen waren. Ares fürchtete, dass Domenico den Tod seiner Hilfe vorziehen würde. Was sollte er tun? Auf dem Boden des Balkons sitzend und mit der Weinflasche als Tröster im Arm schlief auch er schließlich ein.

^^V^^

Ares wurde von der Helligkeit des Tages geweckt und hielt es für klüger, sich ins Hotelzimmer zurückzuziehen. Domenico lag noch immer auf dem Bett, er wirkte so unschuldig im Schlaf. Ares seufzte und setzte sich auf die freie Seite des Doppelbettes neben seinen Gefährten. Die Weinflasche in seiner Hand war beinahe leer, und Ares machte den letzten Schluck. Der Wein war warm, die Kohlensäure längst verflogen, trotzdem wunderte er sich über das fruchtige Aroma, das den ganzen Sommer Italiens in sich barg. Ares' Blick ruhte gedankenverloren und sorgenvoll auf Domenico, und während er nach einer Lösung für sein Problem suchte, übermannte ihn die Müdigkeit und er schlief abermals ein.

Nachdem er ein paar Minuten gedöst hatte, öffnete Ares die Augen und sah in Domenicos engelhaftes Gesicht, das ganz nahe bei seinem lag. Domenico schlief noch und bemerkte die Nähe seines Schöpfers nicht; in wachem Zustand hätte er sie nie zugelassen. Er seufzte leise, drehte sich um, rollte ein Stück zur Seite und fiel aus dem Bett. Ares streckte den Arm nach ihm aus, versuchte noch ihn festzuhalten, aber es war zu spät, Domenico lag bereits am Boden. Er rappelte sich auf und blickte verwirrt um sich, noch immer war alles dunkel. Er tastete nach der Bettkante, zog sich daran hoch und setzte sich auf die weiche Matratze.

«Hast du dir weh getan?», wollte Ares wissen. Domenico schüttelte den Kopf und ließ sich zur Seite fallen. Glücklicherweise landete er diesmal mit dem ganzen Körper auf dem Bett. «Warte hier.» Ares sah aus dem Fenster, ob es dunkel genug war, und verließ eiligst das Hotelzimmer. Schon nach kurzer Zeit kam er wieder, ein Mädchen bei sich, dessen Liebreiz Domenico nicht sehen konnte, ihm aber auch völlig gleichgültig war. Domenico hatte kein Interesse an ihr. Er blieb stumm auf dem Bett liegen und wandte sich ab, als Ares sie in seine Nähe schob.

«Sie ist für dich», sagte er leise. Domenico reagierte nicht. »Ich weiß, dass du Hunger hast", sprach Ares weiter, »und ihre Nähe fühlst. Du weißt genau, wo sie sich befindet, also nimm sie dir."

Domenico starrte ins Leere, er wollte dieses Mädchen nicht. Er hatte weder Hunger noch sonst irgendeine Lust auf sie.

«Lass sie gehen», flüsterte er.

«Sie ist deine Mahlzeit!», erinnerte ihn Ares.

«Schick sie fort und erspare ihr den unnötigen Tod», sagte Domenico. Einen Moment war es still, dann hörte Domenico das Geräusch der Tür, die geschlossen wurde, und fühlte, dass sie wieder alleine waren.

«Danke.»

«Da gibt es nichts zu danken», meinte Ares etwas reserviert. Domenico spürte, wie er sich aufs Bett setzte. Ares starrte aus dem Fenster in die Nacht. Keiner der beiden sagte etwas. Dann brach Ares das Schweigen. Du musst essen», beschwor er Domenico.

«Wer sagt das?», fragte Domenico zurück, sein Starrsinn war noch vorhanden, wie Ares feststellte.

«Ich sage dir das.»

«Zwing mich doch dazu.» Domenicos Stimme war provokant. Ares seufzte. «Verzeih mir», sagte Domenico plötzlich etwas bedrückt.

«Nein, ich verstehe dich, es gibt keinen Anlass, dir zu verzeihen», versicherte ihm Ares.

«Wirklich?» Die Unsicherheit in Domenicos Stimme machte Ares traurig und nervös. Er rückte ein Stück näher zu dem jungen Vampir, der mit angezogenen Beinen, die Hände unter dem Kopf gefaltet auf der Seite lag und in die Finsternis vor sich blickte.

«Ich will nicht, dass es dir schlecht geht, Domenico», sagte er sanft.

Domenico stieß beinahe spöttisch Luft aus, und sein Gesicht wirkte zutiefst unglücklich.

«Willst du dich über mich lustig machen?», fragte er Ares.

Jetzt erst wurde seinem Schöpfer bewusst, wie seine Aussage auf Domenico, den unfreiwilligen Vampir, gewirkt haben musste.

«Oh Gott», murmelte Ares verzweifelt; es schien, als sei er dazu verdammt, Unsinn zu reden und Domenico zu verletzen. Er nahm sich vor, nie wieder zu sprechen, doch schon eine Minute später verwarf er diesen Vorsatz, da ihm eine Frage auf der Seele brannte. «Weshalb hast du dich nicht schon vor Jahren von mir getrennt?»

Domenico antwortete nicht, Ares sah ihn nur gleichmäßig atmen.

«Ich weiß es nicht», sagte er schließlich und drehte sich auf den Rücken, den Blick zur Decke gerichtet.

^^V^^

Domenico erwachte am späten Nachmittag und wusste im ersten Moment nicht, wo er sich befand. Er öffnete die Augen und erkannte schemenhaft die Einrichtung des Hotelzimmers. Genau wie die verletzten Hautpartien, hatten sich auch Domenicos Augen wieder regeneriert, während er schlief, auch wenn es etwas länger gedauert hatte. Einige Probleme mit der Sehkraft machten ihm noch zu schaffen, aber die legten sich innerhalb weniger Minuten. Er setzte sich im Bett auf und sah um sich wie zum ersten Mal in seinem Leben. Er betrachtete alles genauer, aufmerksamer und war unglaublich erleichtert, sein Augenlicht wiedergefunden zu haben. Er stand auf und suchte Ares, den er schließlich schlafend auf dem Balkon fand. Diesmal hatte ihn das Tageslicht nicht geweckt, der Schatten jedoch zum Glück vor dem Tod bewahrt. Ares sah zu Domenico hoch und bemerkte dessen wachen Blick.

«Siehst du wieder?», fragte er hoffnungsvoll. Domenico nickte in stiller Freude. Ares stand auf – die Erleichterung auf seinem Gesicht war nicht zu übersehen – und am liebsten hätte er Domenico umarmt, entschied sich dann aber dagegen. Domenico wirkte sicherer und vor allem unabhängiger auf ihn. Nun brauchte er Ares' Hilfe nicht mehr, nie mehr.

«Gut so», sagte Ares schließlich, nickte Domenico zu und ging an ihm vorbei ins Zimmer. «Du hast doch bestimmt Hunger – sobald es dunkel ist, ziehen wir los!»

Gemeinsam verließen sie das Hotel.

Nachdem sie getrennt voneinander ihre vampirischen Bedürfnisse befriedigt hatten, trafen sie sich auf einer belebten Straße wieder.

«Sieh dir den Mond an!» Ares wies gebannt auf das leuchtende Gestirn am nächtlichen Himmel.

«Ich kann schon den ganzen Abend meine Augen nicht von ihm lassen», gestand Domenico. Seine Stimme klang jedoch wie gewohnt neutral und unnahbar.

«Ich habe ... Hey!» Ares stieß gegen etwas und lenkte seinen Blick wieder auf den Weg. Er hätte beinahe ein kleines Mädchen umgestoßen. Ares hatte eigentlich mit Kindern nichts am Hut, aber da ihn die Kleine mit ihren blonden Locken an seine Evita erinnerte, blieb sein Blick freundlich auf ihrem Gesicht liegen und er lächelte sie an. Sie sah mit großen Augen zu ihm auf und erwiderte sein Lächeln. Sie schien nicht die geringste Angst vor dem großen, dunklen Mann zu haben.

«Carlie!» Ein ängstlicher Ruf ließ das Mädchen kurz zusammenzucken, dennoch blieb sie vor Ares stehen und sah ihn unverwandt an. Ares ging in die Hocke, um mit ihr auf Augenhöhe zu sein.

«Carlie, ist das dein Name?» Sie nickte. «Oh, das ist aber ein hübscher Name. Wer ruft denn da nach dir?», fragte er sie.

«Meine Mama», antwortete sie und lachte.

Ares schätzte sie auf fünf Jahre alt.

«Dann solltest du ihr sagen, wo du bist», schlug Ares vor. «Sie sorgt sich sonst.»

Carlie hob die Schultern.

«Sie findet mich schon», meinte sie unbekümmert. Und wirklich, im nächsten Moment kam eine Frau mit hellbraunen Locken, in einem blauen Kostüm auf sie zu.

«Carlie! Wie oft habe ich dir schon gesagt, du sollst nicht weglaufen!», schimpfte sie ihre kleine Tochter und nahm sie bei der Hand. Dann erst bemerkte sie, in welcher Gesellschaft sich ihr Kind befand. Ares war aufgestanden und sah die Frau nicht weniger überrascht an als sie ihn. «Herr Baron!», rief sie erstaunt aus.

«Wenn das nicht die kleine Britta ist!», meinte Ares und verneigte sich kurz vor ihr. Domenico, der an Ares' Seite stand, nickte ihr anstatt eines Grußes zu.

«Hab ich Sie endlich gefunden!»

«Aber ich hab ihn gefunden!», schaltete sich Carlie ein.

«Ja, sicher. Jetzt sei bitte still.»

«Was soll denn das heißen, Sie haben mich gesucht?», erkundigte sich Ares.

«Ja, ich habe Sie in Italien gesehen und wollte bereits dort mit Ihnen sprechen, weil ... weil ...» Sie stockte und sah traurig zu Boden. Ares sah sie auffordernd an.

«Weil Thomas verschwunden ist», beendete sie ihren Satz. Domenico und Ares wechselten einen wissenden Blick. Domenico schüttelte leicht den Kopf. Sie durfte auf keinen Fall erfahren, was mit Thomas passiert war.

«Und was erwarten Sie von mir?», fragte Ares, so als hätte er von nichts eine Ahnung.

«Sie kannten ihn doch gut. Ich dachte, Sie wüssten vielleicht, wo er sein könnte», hoffte Britta.

«Gehen wir ein Stück», schlug Ares vor, und Britta hakte sich Zuflucht suchend bei ihm unter. «Ich kann Ihnen leider nicht weiterhelfen», bedauerte Ares aufrichtig. «Sie sagten, er sei in Italien verschwunden?»

Während Ares sich mit Britta unterhielt, spazierten Carlie und Domenico hinter den beiden her. Weder Ares noch Britta sorgten sich über ihren Verbleib. Carlie war bei Domenico gut aufgehoben, und umgekehrt war es genauso. Carlie griff mit ihrer kleinen Hand suchend nach Domenicos und hielt sie fest. Domenicos erster Impuls war, sie zurückzuziehen, doch dann wurde er sich bewusst, dass Carlie nur ein Kind war und auch wie eines handelte; ihre Berührung barg keinerlei Bedrohung oder Gefahr für ihn. Carlie sah zu ihm auf und ihr ernstes Gesicht verriet kindliche Aufrichtigkeit.

«Du bist schön», stellte sie fest.

Domenico lächelte traurig.

«Es kommt nicht auf die äußere Schönheit an, lass dich davon niemals täuschen», sagte er mit einem seltsamen Klang in der Stimme.

Sie sah ihn fragend an und meinte:

«Und wo ist man denn wirklich schön?» Sie versuchte tatsächlich, seine Worte zu verstehen.

«Du musst auf die innere Schönheit der Menschen achten, Carlie, dann werden sie dich nie hinters Licht führen können», riet er ihr.

«Und wie mache ich das?»

Domenico hatte das Gefühl mit Lilian zu sprechen.

«Du musst in ihr Herz sehen. Es ist nicht einfach, aber ich bin mir sicher, du weißt bald, wie es geht.»

«Ja?»

«Ja», versicherte ihr Domenico.

«Ich glaube, ich kann in dein Herz sehen», stellte Carlie mit kindlicher Weisheit fest. Domenico seufzte.

«Das glaube ich dir nicht.»

«Wieso nicht?»

«Mein Herz ist zu dunkel, um irgendetwas darin erkennen zu können.»

Carlie war einen Moment still.

«Das ist aber traurig», sagte sie schließlich.

«Ja, das ist es», gab Domenico zu.

«Britta, Britta,» Ares schüttelte den Kopf, «wie kommt es, dass Sie bei Thomas geblieben sind? Das Kind ist doch nie und nimmer von ihm.»

Sie sah ihn beinahe erschrocken an.

«Ist das denn so offensichtlich?»

«Nun, mir ist es aufgefallen.»

Britta betrachtete das Straßenpflaster vor ihren Füßen.

«Können Sie sich an den Schneider erinnern?», fragte sie leise.

Ares hob die Augenbrauen.

«Was, das tapfere Schneiderlein?» Sie nickte stumm.

«Er ist einfach über mich hergefallen. Nach Annas Tod war ich ohnehin völlig mutlos, und diese Chance hat der Mistkerl ausgenutzt. Ich hatte so wenig Lebenswillen, ich habe mich nicht einmal gewehrt. Ich habe es einfach über mich ergehen lassen.» In ihrer Stimme war die Demütigung nicht zu überhören. «Es war so erniedrigend. Ich wollte meinem Leben ein Ende setzen, aber Thomas hat mich davon abgehalten. Er wollte mich nicht auch noch verlieren und als er gemerkt hat, dass ich schwanger bin, hat er sich so gefreut. Er glaubte fest, dass es sein Kind sei», erzählte Britta weiter. Wie naiv, dachte Ares, als ob sie als Vampire irgendetwas zeugen könnten, geschweige denn so ein reizendes Mädchen wie Carlie.

«Und dann?», bohrte Ares nach.

«Als Carlie geboren war, hat er uns jeden Wunsch von den Augen abgelesen. Wir waren sein Ein und Alles. Schließlich ist er mit uns sogar nach Italien gefahren. Seine letzte Reise ...»

Ares sah sie um Entschuldigung suchend an. «Britta, ich kann Ihnen nicht helfen in Bezug auf Thomas' Verschwinden. Wenn Sie sonst irgendetwas brauchen ...»

«Danke.» Sie winkte ab. «Wir haben alles ... außer einen Ehemann und Vater.» Sie riss sich zusammen und lächelte ihn an, dann blieb sie stehen und nahm Carlie an der Hand. «Trotzdem danke. – Wiedersehen.» Sie ging mit ihrem kleinen Mädchen davon, das traurig noch etwas winkte. Ares und Domenico sahen den beiden nach.

«Ich hätte ihnen gerne geholfen», murmelte Ares.

Domenico nickte:

«Es stand nicht in unserer Macht. Sie hätte die Wahrheit nie verkraftet.»

«Das stimmt. Was für ein süßes Ding», meinte Ares begeistert. «Die Kleine ist von Aaron, dem Schneider.»

Domenico sah in die Ferne, wo Britta und Carlie verschwunden waren.

«Das habe ich mir gedacht.»

Die Straßen wurden leerer, je weiter die Nacht fortschritt, und bald waren die beiden Vampire die Einzigen, die noch in der Dunkelheit unterwegs waren.

«Was wird sie nun tun?», überlegte Ares laut.

«Sie wird ihn weiterhin suchen.» Domenico hatte die Wahrheit erkannt. «Bis zur Verzweiflung. Er und Carlie sind alles, was sie hatte, nachdem Anna getötet wurde.»

Ares sah Domenico an.

«Du weißt davon?»

Domenico gab einen ernsten Blick zurück.

«Auf der Burg haben sich hässliche Vorgänge abgespielt.»

Ares musste ihm Recht geben, auf der Burg hatte gegen Ende wirklich ein ungutes Klima geherrscht.

«Ich hoffe, es liegt eine gute Zukunft vor ihr», sagte Ares seufzend.

«Ich fürchte, dieses Glück wird sie nicht haben», meinte Domenico.

«Du bist ein Schwarzmaler», stellte Ares fest. «Musst du denn immer nur das Negative sehen?»

«Es gibt nichts anderes», sagte Domenico bitter.

«Das ist nicht wahr!», rief Ares aufgebracht. «Du hast gerade dein Augenlicht wiedergefunden! War das so negativ?»

Domenico blieb stehen und sah Ares mitleidig an.

«Ares, du willst es nicht begreifen. Alles endet irgendwie», sagte er leise.

«Aber nicht dein Leben! Ich bin überzeugt, du hängst daran. Auch wenn du es als schäbig betrachtest, es ist besser als gar keines! Du weißt, was mit uns passiert, wenn unsere Zeit verwirkt ist!», rief Ares, und seine Stimme hallte von den hohen Hauswänden her wider. Er konnte nicht glauben, dass Domenico wirklich in den Tod gegangen wäre. Domenico sah ihn stumm an und setzte dann seinen Weg fort. Er wollte nicht über seine Gefühle und Ängste sprechen, schon gar nicht mit Ares. Ares ließ ihn gehen, er hatte es satt, immer von Domenico weggeschoben zu werden. Sollte er doch machen, was er wollte! Ares hatte kein Problem damit, Trost in den Armen einer Frau zu finden. Er ging los, um sich ein bezauberndes Wesen zu suchen, das nicht nur seine Seele streicheln würde. Vielleicht würde sie sogar diese Nacht überleben und ihre letzte Ruhe nicht bei den Mülltonnen finden ...

^^V^^

Domenico ging inzwischen weiter, in Richtung Hotel. Er sehnte sich nach dem Meer, das so gut als Seelentröster fungierte, das ihn wärmte und trug, das ihm neuen Mut gab und ihn beruhigte. Doch in diesem Land gab es kein Meer, keinen Ozean. Domenicos Stimmung wurde zunehmend düster, und so achtete er nicht darauf, dass ihn ein schmaler Schatten verfolgte.

«Hallo!»

Domenico zuckte zusammen und fuhr erschrocken herum. Das Gesicht eines jungen Mädchens mit roten Zöpfen und hellen Augen strahlte ihn übermütig an.

«Was bist du denn für einer?» Sie lachte. Domenico sah sie nur kurz an, hatte aber keine Lust, ihr zu antworten.

«Du möchtest nicht mit mir sprechen», stellte sie fest.

«Richtig.»

«Ha, du hast ja doch gesprochen!» Sie lachte wieder und Domenico hätte sie am liebsten zum Schweigen gebracht, doch er wusste, was sie war.

«Was willst du?», fragte er sie mit finsterer Miene.

«Mein Bruder Silver hat mir von dir erzählt. Ich bin Leaf.»

«Du bist also Silvers Schwester?»

«Ja.» Sie strahlte.

«Nun, seine Gesellschaft war weitaus angenehmer.»

«Du kommst gut alleine zurecht, nicht wahr?»

«Ich hatte nie Probleme damit.» Sie hob die Schultern.

«Jedem geht es anders. Ich habe zum Beispiel eine Gefährtin.» Sie machte eine Handbewegung und ein weiterer Vampir stand vor Domenico. Domenico erschrak, sagte aber nichts.

«Ja, ich bin es.» meinte Donna und schüttelte ihre blonden Locken. Domenico schüttelte langsam den Kopf.

«Das hättest du nicht tun dürfen», flüsterte er.

«Weshalb?», fragte sie provokant. «Es ist mein Leben!»

«Es war dein Leben», antwortete Domenico.

Sie lächelte boshaft.

«Du wolltest mich nicht erfahren lassen, was du bist, da musste ich es eben selbst ausprobieren. Zum Glück habe ich Leaf getroffen. Es ist ein großartiges Leben!» Sie lachte. «Du wolltest es mir nicht verraten, nicht wahr, Domenico? Du wolltest dieses freie Glück mit niemandem teilen!» Domenicos Blick war bitter und beinhaltete ein wenig Spott.

«Ich kann es nicht fassen, dass du so dumm bist», sagte er.

«Dumm?» Donna hielt sich für besonders schlau.

«Ja, dumm.» Domenico nickte. «Merkst du nicht, dass du gefangen bist und nicht frei? Deine Seele, deine Gedanken – alles gefesselt in der Ewigkeit. Du bist ein Sklave deiner Gier und deines Instinktes. Wenn es für dich nichts Schöneres als das gibt, hast du den rechten Weg gewählt.» Domenico sah Donna, die Frau, die einmal versucht hatte, ihn zu verstehen, mitleidig an. Dann ging er weiter, um sie im nächsten Augenblick so schnell wie möglich hinter sich zu lassen.

«Er ist nicht mehr so wie früher.» Donna schüttelte den Kopf.

«Er ist seltsam», meinte Leaf.

«Ich dachte, ich kenne ihn.» Donna klang traurig.

«Von was hat er bloß geredet?», wollte Leaf wissen.

«Er hat Dinge erkannt, die eure kleinen Gehirne nie begreifen werden.»

Die Mädchen drehten sich um. Vor ihnen stand Ares, mit verschränkten Armen, im wehenden schwarzen Ledermantel. Es schien, als wäre die Dunkelheit um ihn noch dichter als ohnehin.

«Wer bist du?»

«Das tut nichts zur Sache. Was wollt ihr von Domenico?»

«Ich nichts», meinte Leaf unschuldig. «Donna wollte ihn sehen.» Ares' Blick wanderte zu Donna. «Er sollte wissen, dass ich nun auch ein Vampir bin wie er», rechtfertigte sich Donna.

«Na, Mahlzeit», murmelte Ares. «Was wolltest du denn genau von ihm?»

Donna senkte den Kopf.

«Ich glaubte, ich könnte ihm dadurch näher kommen.»

Ares brach in düsteres Gelächter aus.

«Vergiss es, du hast dich nur noch weiter von ihm entfernt. Was du getan hast, war ein großer Fehler.»

«Weshalb?» Donna sah verwundert zu Ares hoch.

«Niemand kann Domenico für sich gewinnen, er lässt sich nicht fangen oder festhalten. Er besitzt dich. Und wenn das wirklich mal der Fall ist, dann merkst du es auch. Da er aber absolut keine Ahnung davon hat, was für einen Eindruck er hinterlässt, geht er einfach, ohne Rücksicht auf die zu nehmen, die hinter ihm zurückbleiben. In seiner Unschuld denkt er, er ist ein Körnchen Staub im Universum.» Ares sah Donna eindringlich an. «Dabei dreht sich das ganze Universum um ihn», sagte er leise. «Mit deiner verhängnisvollen Naivität hast du ihn verjagt. Du hast ihn von uns allen weggetrieben. Es wird einige Zeit brauchen, bis er wieder zurückkommt.»

^^V^^

Ares sollte Recht behalten, Domenico blieb verschwunden. Ares lebte sein Leben weiter, tötete Menschen, versuchte bei jungen Mädchen zu vergessen und ertappte sich schließlich dabei, wie er Nacht für Nacht auf seinen Gefährten wartete.

Domenico hatte es satt. Die ewige Konversation mit lästigen Vampiren, nirgendwo konnte man mehr allein und anonym sein. Er lief fort aus der Stadt und suchte einen Wald, der ihm Zuflucht bot. Die hohen Bäume gaben ihm ein heimeliges Gefühl, die Tiere scharten sich stumm und doch zu seiner Gesellschaft um ihn, wenn er sich alleine fühlte. Und der Mond küsste ihn wach, wenn er unter dem dichten Blätterdach schlafend den Tag verbracht hatte. Ein Fluss mit tosendem Wasserfall ersetzte ihm das geliebte Meer und ließ ihn der Natur und dem Ursprung allen Lebens nah sein. Domenico hatte das Gefühl, sich selbst verloren zu haben; er wusste nicht mehr, wer er war und wie er sich zu verhalten hatte. Die Zivilisation ekelte ihn an, und kaum sah er einen Menschen von weitem, floh er in das schützende Dickicht. Das Blut der Füchse und Rehe hielt ihn zwar bei Kräften, raubte ihm aber jegliche Leidenschaft und Neugierde. Er existierte einfach, ohne Ziel, ohne Wünsche, aber mit Furcht. Er war für sich alleine, lebte von niemanden registriert zwischen Hirschen und Hasen und hoffte, in irgendetwas Erlösung, zumindest jedoch Mut zu finden. Die Bäume wurden zu seinen Vertrauten, sie sprachen zu ihm und erzählten ihm nächtelang die ruhigen, harmonischen Geschichten ihres Lebens. Domenico warf das Samtshirt, den Ledermantel und seine Schuhe weg, wozu brauchte er hier im Wald überflüssige Kleidung? Barfuß und nur in Jeans streifte er meilenweit durch die Wälder, kehrte aber niemals zum gleichen Punkt zurück. Die Vögel hörten auf zu zwitschern, wenn er an ihnen vorbeiging; sie spürten seine innere Unruhe und Rastlosigkeit und wurden selbst verunsichert. Wolken türmten sich schwarz und bedrohlich über dem Wald auf und ließen ihre nasse Last, Regen, Hagel oder Schnee auf Bäume, Tiere und Domenico herabfallen.

Als er endlich den Einklang mit der Natur fand und sich selbst wieder erkannte, erlangte er neue Kräfte. Die Tiere folgten ihm gebannt, solange er es zuließ. Sie fasziniert von dem Wesen, das von ihrem Blut lebte, ihnen so glich und ein Efeublatt auf dem Rücken trug, als hätte Mutter Natur es persönlich geküsst, als sie es erschaffen hatte. Domenico trank den

Regen, nahm ihn in sich auf und speicherte dessen Energie. Er sah klarer als zuvor, wurde sich vieler Sachen wieder bewusst, die er längst vergessen hatte, und erfuhr mit viel Schmerz, was es bedeutete, Wichtiges zu vermissen.

Eine schreckliche Katastrophe, die sich zu dieser Zeit ereignete, ausgelöst durch einen lächerlichen Zufall, vernichtete tausende Vampire. Lediglich eine Hand voll von ihnen blieb davon verschont. Domenico, geschützt von den Wäldern, fühlte ihre Schmerzen, ihre Angst und ihre letzten Gedanken. Er konnte sich nicht bewegen, konnte sich nicht dazu entschließen, mit ihnen zu gehen; es war ihm nur erlaubt, mit seinen Verbündeten zu leiden.

Es vergingen einige Jahre, in denen Ares Domenico unbeirrt suchte. Domenico hatte zwar bereits wieder entschieden, den Wald zu verlassen, doch die Natur wollte ihn nicht mehr loslassen. Immer hielt ihn etwas zurück, die Bäume schienen ihre Äste nach ihm auszustrecken, die Tiere flehten ihn mit Blicken an, nicht zu gehen, und die Steine zerbarsten, wenn er sie hinter sich ließ. Es schien, als sollte verhindert werden, dass er Ares wieder traf. Domenico schaffte es schließlich doch, sich aus dem festen Griff der Wälder zu lösen, und kehrte zurück in die Zivilisation. Er kaufte sich neue Dr. Martens, die mit glänzendem, schwarzen Lack beschichtet waren, tauschte seine alten Jeans gegen schwarze Cordhosen und legte sich ein ärmelloses Tanktop und eine leichte Cordjacke zu, beides ebenfalls schwarz und vertraut wie die Nacht. Der Ledermantel, den Ares ihm geschenkt hatte, war durch nichts zu ersetzen. Domenico scheute nach wie vor den Umgang mit Menschen, wollte nicht mit ihnen sprechen und wagte es kaum, sie anzusehen, aus Furcht vor den Konsequenzen. Er wirkte dünner und schutzbedürftiger als jemals zuvor, was die Leute immer wieder dazu brachte, ein Gespräch mit ihm anzufangen; nicht zuletzt war es seine Ausstrahlung, mit der er sie in seinen Bann schlug. Sie brachten ihn immer wieder dazu, zu fliehen, von einer Stadt zur nächsten und immer weiter. Domenico reiste ziellos umher und hinterließ überall ein wenig von der Kraft des Waldes, die er in sich trug. Wenn er einen Raum betrat, schienen alle Leute darin aufzuatmen und neuen Mut zu fassen. Wenn er an ihnen vorbeiging, sahen sie ihm nach, versucht, ihm zu folgen. Domenico wollte das nicht. Er lernte wieder, sich zu verstecken und zu tarnen. Wenn er nicht gesehen werden wollte, sah man ihn nicht, und niemand schaute ihn an, wenn er nicht bereit dafür war. Er wurde zu einem wandelnden Schatten, niemals zu sehen und doch allgegenwärtig. Langsam gelang es ihm, sich wieder an die Menschen der Stadt anzupassen, und als er seit einer Ewigkeit wieder eine Zigarette rauchte und ein Glas Rotwein trank, schien es ihm, als würde ein neuer Abschnitt seines Lebens beginnen. Das Rauchen wurde ein wichtiger Bestandteil seines Daseins, Geruch und Geschmack erinnerten ihn an die verbrannten Blätter, die es zur Genüge gegeben hatte, wenn der Blitz auf einen alten Baum niedergesaust war und mit ihm gleich ein ganzes Stück des Waldes in Brand gesteckt hatte. Domenico erinnerte sich an die verschiedenen Holzarten, die gelodert hatten, an die fliegenden Blätter und an das heimelige, stetige Knistern der Gräser und Waldblumen: Alles hatte gebrannt, flackernd hell und warm. Was schließlich blieb, war fruchtbare, kohlschwarze Asche, die im nächsten Frühling neue Pflanzen und Bäume hervorbringen würde.

Domenico sah den Mond über sich, fühlte sich entfernter von ihm denn je; von der Stadt aus erschien alles so klein. Er suchte nach Antworten und fand Fragen, die damit überhaupt nicht in Zusammenhang standen. Es schien, als wären sie nur geschaffen, um sein neu erworbenes, klares Denken wieder zu verwirren. Seine Augen waren wacher und aufmerksamer geworden und spiegelten die Vielfalt des Waldes wider, seine Sinne waren geschärft wie die eines jungen Raubtiers. Seine Bewegungen waren geschmeidig und leicht und schienen wie nicht von dieser Welt. Domenico war gewappnet, sich der Realität zu stellen, ihr in die Augen zu blicken, auch wenn seine unsterbliche Seele sich nach wie vor dagegen wehrte. Dennoch blieb Domenico mitten unter den Menschen, so egoistisch, rücksichtslos, profitgierig und herzlos sie auch waren.

Er ging mit ihnen, schützte sich mit ihren Lebensgeschichten und versteckte sich hinter ihren kaputten zwischenmenschlichen Beziehungen. Weit und breit war kein Vampir mehr anzutreffen, hier und da nur noch Staub eines Körpers, der die Katastrophe nicht überstanden hatte. Domenico war der Einzige, er hätte die Gegenwart von anderen sofort gefühlt. Früher hatte er sich bedrängt gefühlt und gefürchtet, dass die Welt von Vampiren überschwemmt würde, doch nun wusste er, dass seine Angst unbegründet gewesen war. Wer überlebt hatte, wusste er nicht; er wusste nur, dass es nicht viele waren, die noch auf der Erde alleine und verlassen wandelten. Die Welt hatte wieder einen Weg gefunden, eine Spezies, die im Begriff gewesen war, zu einer Bedrohung zu werden, in die Schranken zu weisen. Bei den Dinosauriern war es auch so gewesen, dachte Domenico, und den Menschen würde ebenfalls bald die Stunde der Wahrheit schlagen. Er zog weiter, immer weiter fort von seinem Wald und trug ihn trotzdem immer in sich. Er hatte ihn gerettet, auf den rechten Weg zurückgeführt und ihm bitter verdeutlicht, was er war. Domenico wurde es wieder bewusst, als er die Kehle eines Mädchens durchbiss, und fühlte, wie sich wieder Leben in ihm regte. Menschliches Blut, die Quelle aller Kraft und Energie, kaum vergleichbar mit dem dünnen, geschmack- und leidenschaftslosen Blut der Tiere. Dass er sich wieder von Menschen ernährte, brachte Domenico auch wieder näher an sie heran. Er begann, wieder mit ihnen zu sprechen, aber immer noch wenig und selten. Er gab keinem von ihnen gegenüber etwas von sich preis, sprach weder über seine Vergangenheit noch über seine Gefühle oder Gedanken. Menschen waren für ihn nur eine gesichtslose Masse, völlig anders als er; es gab niemanden, der herausstach, der ihn interessierte. Domenico fühlte sich ihnen nicht überlegen, keineswegs, er wusste nur, dass sie und er in völlig verschiedenen Welten lebten. Sie dachten, dass ihnen die Kontrolle über alles in die Hände gelegt worden war und sie keine Feinde hatten, außer der eigenen Rasse. Domenico wusste, sie irrten sich.

Sie waren zu arrogant, zu engstirnig und zu überheblich, um auch nur die Möglichkeit einer anderen Wahrheit in Betracht zu ziehen. Und doch, Domenico blieb unter ihnen, sie waren sein verlässlichster Schutz.

^^V^^

Ares erkannte langsam, dass es ihm nicht bestimmt war Domenico wiederzufinden. So gab er die Suche nach seinem Gefährten und damit auch sich selbst auf. Er sah weder Sonne noch Mond, lebte zurückgezogen. Selbst für Frauen und Luxus konnte er sich nicht mehr begeistern. Langsam schien er zu verrotten, von innen heraus. Er fühlte sich leer, zu nichts nutze und hatte den Sinn seines Daseins aus den Augen verloren. Seine Aura war düsterer als je zuvor, und in seiner Gegenwart glaubte man zu ersticken. Ares verfluchte alles, was ihm begegnete, egal ob Mensch, Tier oder Ding – seine Wut bezog sich auf alles. Es war ihm egal, was die Menschen um ihn herum taten oder verbrachen, solange sie ihn mit ihrem Blut versorgten. Doch Ares saugte ohne Freude, ohne Trieb, wenn man von der für den Vampir unkontrollierbaren Gier absah. Oft war er nahe daran aufzugeben, nahe daran Domenico zu verstehen, doch irgendetwas rette ihn immer wieder vor dem Sturz in das tiefe, dunkle Loch der Verzweiflung. Es war eine stetige Wanderung am Rand des unendlichen Abgrunds, die Ares praktizierte. Er wurde nachlässig, entkam oft nur knapp den vernichtenden Fingern der Sonne, die sich nach ihm ausstreckten. Er vermisste seinen Gefährten, dachte daran, sich einen anderen zu suchen, doch schon alleine die Vorstellung tat ihm weh. Domenico konnte man nicht ersetzen, niemand konnte das. Wie konnte er nur so töricht sein und so etwas glauben? Ares wurde wieder zum Einzelgänger, schloss sich nichts und niemandem an und fristete sein Dasein in völliger Einsamkeit. Er wandte sich von den Menschen ab und von sich selbst, konnte seine eigene, tiefschwarze Seele nicht mehr leiden, auf die er einst so stolz gewesen war. Als er sich plötzlich gezwungen sah, die Verantwortung für die inzwischen neunjährige Carlie zu übernehmen, um dem letzten Wunsch ihrer Mutter zu entsprechen, war es nicht verwunderlich, dass ihn dieses Ereignis auf den Boden der Tatsachen zurückholte. Britta war nach langem Leiden gestorben, sie war dem Krebs erlegen. Carlie, die den Verfall ihrer Mutter mit wachsamen Augen mitverfolgt hatte, war ernst und nachdenklich geworden. Sie wusste, was der Tod war, wusste, wie es war, ihm zu begegnen; so hatte sie etwas mit dem Vampir gemeinsam, in dessen Obhut sie von der unwissenden Sozialarbeiterin auf Geheiß des Gerichts entlassen wurde. Ares wusste nicht, was er tun sollte, wusste weder hin noch her mit dem Kind. Zu einem Vampir konnte er sie unmöglich machen, aber bleiben konnte sie auch nicht. Er stand vor dem gleichen Problem wie vor Jahrhunderten: Er hatte ein Kind und wusste nicht, wohin damit. Und wie damals entschied er sich für die einzig vernünftige Lösung. Carlie musste in ein Internat, und zwar in das Beste, was es gab.

«Wo ist dein Freund?» Carlie hatte den jungen, charismatischen Mann, der ihr das Wichtigste in ihrem Leben beigebracht hatte, nicht vergessen.

«Er ist nicht hier», antwortete Ares wortkarg.

«Das sehe ich auch», antwortete sie und sah ihn beharrlich an.

«Ich weiß nicht, wo er ist!» Ares wurde heftig. Carlie zuckte zusammen und Ares erntete einen vorwurfsvollen Blick aus ihren Kinderaugen.

«Aber dann ist er doch kein Freund, wenn du nicht weißt, wo er ist», bemerkte sie.

«Das ist er auch nicht», antwortet Ares und spürte einen Stich in seiner Brust, als er diese Worte aussprach.

«Ist er schon lange fort?»

«Sehr lange.»

«Oh.» Carlie senkte den Kopf, sie hätte Domenico gerne wiedergesehen. Sie hatte das Gefühl gehabt, seine Klugheit färbte auf sie ab.

«Sag, hast du etwas dagegen, am Tag zu schlafen und in der Nacht zu spielen?», wollte Ares wissen.

«Nein.» Sie schüttelte unkompliziert ihre Locken.

«Großartig.» Ares bereitete alles für die Reise vor, und noch in derselben Nacht verließen sie das Land. Er setzte sich mit der Internatsleitung in Verbindung und erfuhr zu seinem Entsetzen, dass erst im nächsten Monat ein Platz frei werden würde, aber der sei dann bestimmt für Carlie reserviert. Ares sagte zu – was blieb ihm auch anderes übrig – und überlegte sich, was er noch drei Wochen lang mit dem Kind tun sollte. Er besorgte eine seriöse Kinderdame, die auch nachts arbeitete, keine unangenehmen Fragen stellte und ein Auge auf Carlie hatte, während er seinen vampirischen Trieben nachging. Es stellte sich heraus, dass Carlie unter der Obhut der Aufpasserin zu einem wahren Satansbraten mutierte, rebellierte, schrie und forderte, zu ihrem Vater – damit meinte sie Ares – gebracht zu werden. Die bezahlte Dame blieb hart, teilte, wenn es sein musste, ein paar Klapse aus und erbarmte sich auch dann nicht, wenn das kleine Mädchen herzerreißend weinte. Wenn Ares von seinen Geschäften, wie er es nannte, zurückkam, fand er Carlie meist verheult und verzweifelt vor, mit billigen Comicfilmen aus dem Fernsehen abgespeist. Die Kinderfrau wurde bezahlt und verschwand ohne ein Wort des Grußes.

«Warum lässt du mich immer alleine?», fragte Carlie vorwurfsvoll und wischte sich eine Träne des Zorns von der Wange.

«Es gibt Sachen, zu denen kann ich dich nicht mitnehmen», erklärte Ares ruhig – so hatte er auch mit Evita und seinen Söhnen immer gesprochen.

«Wieso nicht?»

Ares setzte sich zu ihr auf den Boden und schaltete den Fernseher ab. Es wurde still in der Wohnung, nur das Knistern der brennenden Kerze war zu hören. Ares duldete noch immer kein elektrisches Licht in seiner Umgebung, es machte ihn nur nervös, war nicht echt und vor allem wärmte es nicht. Abgesehen davon wirkten Kerzen beruhigend und einschläfernd auf Carlie, wie er bemerkt hatte.

«Weißt du, Carlie, wir Erwachsenen haben andere Dinge zu tun als ihr Kinder. Stinklangweilige Dinge an stinklangweiligen Orten. Da bist du hier zu Hause viel besser aufgehoben», erklärte er ihr freundlich und einfühlsam.

Sie sah ihn mit großen, blauen Augen an, hob die Hand und legte sie ihm auf die linke Brust.

«Dein Herz ist gut», sagte sie schließlich.

«Wie erkennst du das?», fragte Ares mit gerunzelter Stirn.

«Dein Freund hat es mich gelehrt», antwortete sie mit klarer Stimme.

«Er ist nicht mein ...» Carlie nickte und schnitt ihm das Wort ab: «Doch, das ist er», versicherte sie ihm. Ares sah sie an, legte seine kalte Hand über ihre kleine, warme und hielt sie fest. Dann lächelte er sie an. Sie lächelte ebenfalls und zog ihre Hand in einer liebevollen Geste zu sich zurück.

«Ares», sie widmete sich ihren Bausteinen und Bilderbüchern und stellte die Frage wie zufällig in den Raum, «darf ich Papa zu dir sagen?»

^^V^^

Sie saßen auf dem Dach des Wohnhauses, Seite an Seite und bestaunten den großen vollen Mond über sich. Carlie war ein angenehmer Gesprächspartner mit ihrer kindlichen Weisheit und den gleichzeitig naiven Ansichten.

«Werden wir uns jetzt ein großes Haus bauen, dort einziehen und warten, bis dein Freund wieder kommt?» Sie sehnte sich nach einer Familie.

«Nein.» Ares seufzte.

«Ich bin nicht wie du, und er ist nicht wie ich, so etwas ist unmöglich, Liebling.» Ares wunderte sich, wie schnell er sich wieder an den Umgang mit einem Kind gewöhnt hatte und wie einfach es war.

«Aber was wirst du mit mir tun?» Sie griff nach seiner Hand, die locker auf seinem Oberschenkel lag. Er sah sie an und drückte ihre sanft.

«Ich habe ein Internat für dich ausgesucht», verriet er ihr lächelnd. «Dort kannst du mit anderen Kindern spielen, schwimmen, sogar reiten, und eine große Bibliothek gibt es dort. Du liest doch gerne.»

Carlie sah traurig die Dachschräge hinab.

«Bist du böse?»

Sie schüttelte den Kopf und ihre kinnlangen Locken flogen durch die Luft.

«Nein, ich weiß, dass du mich nicht behalten kannst, es ist zu dunkel für mich.» Sie hatte begriffen, dass ihre Welten verschieden waren.

Ares nickte.

«Ja, das stimmt. Aber ich werde dich besuchen», versprach er.

«Das hoffe ich!» Sie sah zum Mond hinauf.

«Papa, warum isst du nie etwas?»

«Weil ich kein Essen brauche, anders als du. Aber das darfst du niemandem verraten, es ist ein Geheimnis.» Sie nickte, und er wusste, dass sie es für sich behalten würde. Kinder, dachte Ares, waren als Einzige bereit, uns ohne Furcht zu verstehen. Carlie lehnte sich gegen ihn, sie hielt seine Hand immer noch.

«Ich würde gerne deinen Freund wiedersehen», sagte sie leise. Ares lächelte, sie sprach ihm aus der Seele.

«Carlie, sieh dir den Mond an, er verbindet uns immer mit Domenico. Irgendwo auf der Welt steht er nun in der Dunkelheit und schaut auch zum Himmel hinauf, so wie wir jetzt. Und der Mond trägt unsere Blicke zueinander.» Ares brach ab und wunderte sich, wie poetisch er in Carlies Gegenwart werden konnte; es musste der Zauber ihres unschuldigen Kindseins sein, der sich auf ihn auswirkte. «Kannst du diese Ruhe in dir fühlen?», sprach er weiter. Carlie nickt andächtig, sie fühlte sie tatsächlich. «Das ist Domenicos Blick», erklärte Ares.

«Und warum ist er nicht bei uns?»

«Das weiß ich nicht, Liebling, er ist anders als wir. Unberechenbar und unergründlich.»

«Macht ihn das so besonders?» Ihre Stimme hörte Ares noch lange in Gedanken, bevor er antwortete. Ihre Worte waren tief in seine Seele gedrungen.

«Ja, das macht ihn zu etwas Besonderem.» Still saßen sie noch da und betrachteten den Mond und den Himmel. Ares fühlte Carlies menschliche Wärme und wunderte sich, dass seine Kälte sie nicht zu stören schien. Für Carlie zählte die Wärme des Herzens, und die konnte sie bei Ares deutlich fühlen, selbst wenn es nicht schlug.

^^V^^

Ares ging durch die Stadt, Carlie an der Hand – er wollte ihr neue Sachen zum Anziehen besorgen, indem er dem Personal des Ladens mit etwas Hypnose seinen Willen aufzwang. Doch es kam nicht dazu, die Geschäfte hatten bereits geschlossen. Carlie sah traurig zu ihm auf.

«Und was machen wir jetzt?»

«Hmmm ...» Ares überlegte. Mit was konnte man Kinder in der heutigen Zeit trösten? «Magst du Eis?»

«Ja!» Carlie war begeistert. Ares kaufte ihr also ein Eis – er selbst wollte keines, ihm genügte die unangenehme Kälte in seinem Inneren an diesem Abend –, und sie ließen sich auf einer Bank in der Fußgängerzone nieder.

«Hast du noch andere Kinder?», fragte Carlie unschuldig und leckte an ihrem Eis.

Ares seufzte.

«Nein, und nicht einmal mit dir hab ich gerechnet.»

Sie lachte.

«Ich war eine Überraschung!», jubelte sie und Ares nickte zustimmend.

«Das ist allerdings wahr.»

«Oh, sieh nur, Frank, was für ein herzallerliebstes Kind!», rief eine Dame entzückt aus, als sie Carlie entdeckte, und zog ihren Ehemann zu sich heran. «Sieht sie nicht aus, wie meine Urgroßmutter als Kind?» Ares horchte auf und sah die Dame forschend an.

«Ihre Urgroßmutter? Das muss aber schon lange her sein», meinte er skeptisch. Die Dame nickte mit einem zuckersüßen Lächeln und holte ein altes Bild aus ihrer Geldbörse.

«Sehen Sie, das war sie.» Ares glaubte seinen Augen nicht zu trauen: Von dem Bild lächelte ihn Cara in jungen Mädchenjahren an. Freilich, sie war es nicht tatsächlich, aber es bestand eine große Ähnlichkeit.

«Wie hieß sie?», fragte er neugierig.

Die Frau strahlte.

«Evita, nach ihrer Großmutter», antwortete sie. Ares' Blick wurde schlagartig sehr ernst, er stand auf und nahm Carlie alarmiert bei der Hand.

«Entschuldigen Sie uns», verabschiedete er sich und zog Carlie mit sich.

«Warten Sie!», rief ihm die Dame noch nach. «Wir wollten sie nur ...» Mehr hörte Ares nicht, er wollte fort von diesen Personen, die eindeutig etwas mit Carlie zu tun hatten. Konnte es sein, dass Evita nicht gestorben war, sondern ihr Leben weitergelebt hatte, ohne Ares, dass sie geheiratet und eine Familie gegründet hatte und Carlie eine ihrer Nachfahren war? Ares lief verstört durch die Gassen: Die Vorstellung, dass er seine Tochter im Stich gelassen hatte, in dem Glauben, sie sei tot, machte ihn rasend. Carlie hatte ihr Eis fertig gegessen und lief außer Atem neben Ares her. Dennoch schaffte sie es, ihm eine Frage zu stellen, die sie beschäftigte.

«Wovor laufen wir davon?»

«Vor nichts, Carlie, mir ist nur plötzlich etwas eingefallen!», antwortete Ares schnell, und zusammen liefen sie zur Wohnung zurück.

Am nächsten Abend, als Ares Carlie in der sicheren Obhut der Kinderfrau wusste, ging er in die Stadt und verschaffte sich Zutritt zum Zeitungsarchiv. Stundenlang wühlte er sich durch verschiedenste Exemplare, bis er endlich den Bericht über den Bombenangriff auf das Internat gefunden hatte. Damals hatte es geheißen, niemand habe überlebt. Ares sah sich die Zeitungsausgaben der darauf folgenden Tage an, und wirklich: In einem kleinen Artikel konnte er lesen, dass drei Kinder das Unglück überlebt hatten. Sie waren nach einem Streit mit der Erzieherin ausgerissen und so vor dem Tod bewahrt worden. Bei den Kindern hatte es sich um zwei Jungen gehandelt und ... Evita. Ares atmete lang anhaltend aus, um sich zu beruhigen, und lehnte sich in seinem Sessel zurück. Sie war dem Unglück also nicht zum Opfer gefallen, Evita war nicht gestorben. Ares bekam eine Gänsehaut. Sie hatte überlebt, war heilfroh über diese glückliche Fügung gewesen, wollte sie ihrem Vater erzählen, der sich bestimmt schon sorgte, doch er war nicht hier gewesen, hatte sie nicht erwartet. Wie verlassen, verzweifelt und ungeliebt musste sie sich gefühlt haben! Sie war gerade dem Tod entronnen, doch ihr Vater kam nicht, um zu sehen, ob sie überlebt hatte, er kam überhaupt nie wieder, obwohl er sie früher oft besucht hatte. Evita musste die Welt nicht mehr verstanden haben. Was wohl mit ihr passiert war? Ares suchte weiter. Sie war adoptiert worden von der Familie eines der Jungen. Ares war zum Weinen zumute. Durch seine Dummheit, seine Nachlässigkeit hatte er seinem Töchterchen die Zukunft zerstört, möglicherweise das ganze Leben. Sie hatte ihn später geheiratet, diesen Jungen. Ob es Liebe gewesen war? Ares wünschte sich, er könnte die Zeit zurückdrehen. Und plötzlich konnte er fühlen, wie es gewesen war: Evita hatte drei Kinder gehabt, ein scheinbar glückliches Leben geführt, aber den Verrat ihres Vaters nie verkraftet. Schließlich hatte sie sich sogar von ihrem Ehemann abgewandt und war einsam und alleine gestorben. Ares schlug die Hände vors Gesicht. Er hätte es ändern, ihr Leben in andere Bahnen lenken können. Sie hätte nicht verlassen sterben müssen; er wäre bei ihr gewesen, selbst in den schweren Zeiten ihres Lebens. Er hätte ihre Kinder sehen können, wie sie ihr eigenes Leben meisterten. Ob sie vor ihm sicher gewesen wäre? Und ihre Familie? Hätte seine Gier sie verschont oder darüber hinweggesehen, dass sie Blutsverwandte waren? Ares schob diese Gedanken von sich, stand auf und verließ das Gebäude. All seine Aufmerksamkeit musste nun Carlie gelten, sie war eine seiner Nachkommen. Vielleicht konnte er an ihr wieder gutmachen, was er bei Evita versäumt hatte.

Als Ares in den frühen Morgenstunden wieder in seine Wohnung zurückkam, war Carlie bereits vor dem Fernseher eingeschlafen. Die Kinderfrau schickte er weg, ihre Arbeit war getan. Er deckte Carlie liebevoll zu, drehte den Fernseher ab und setzte sich zu ihr, um das Gesicht des friedlich schlafenden Kindes zu betrachten. Sein Magen knurrte. Er versuchte, das drängende, unruhige Gefühl in sich zu ignorieren, doch es gelang ihm nicht. Vorsichtig zog er die Decke wieder ein Stück fort von Carlie, so weit, dass ihr schlanker Hals entblößt war. Langsam tastete er sich an sie heran, roch den aufregenden Duft ihrer unverbrauchten Jugend und verharrte in stiller Andacht über ihrer zarten Haut. Wenn er sie jetzt beißen und aussaugen würde, hätte er eigentlich nur ein Problem gelöst, das ihn belastete. Was war schon dabei, ein Kind zu töten? Er hatte es tausendmal gemacht. Seine spitzen Eckzähne stachen in ihr Fleisch, und gierig begann er das Blut zu saugen, das willig in seinen Mund rann. Plötzlich durchzuckte ihn ein Schreck, er war wieder zu sich gekommen, war sich bewusst, was er tat. Er riss sich von ihr los und machte aus Ekel vor sich selbst und zu Carlies Schutz einen Satz von ihr weg. Zitternd und verstört stand er mit dem Rücken zur Wand und sah verstohlen zu dem Mädchen, das auf der Couch lag, mit blutendem Hals, geschlossenen Augen und einem süßen Lächeln auf den Lippen. Ares wandte sich von Carlie ab und verließ den Raum. Was hatte er getan? Entsetzen machte sich in ihm breit, und langsam ließ er sich auf seinem Bett nieder, dessen Pfosten er Schutz suchend umarmte. Er war über sein eigenes Fleisch und Blut hergefallen, ein Wesen welches von ihm abstammte! Auch wenn sich das Erbmaterial im Laufe der Jahre durch die vielen Generationen gemischt hatte, und so wie sie auf dieser Couch lag, konnte es sich genauso gut um Evita handeln. Er musste sie vor ihm schützen, die Gefahr war einfach zu groß. Ares warf einen Blick auf den Kalender. Normalerweise interessierten ihn Dinge nicht, mit denen man die Zeit einteilen, messen oder begrenzen konnte, aber Carlie wollte die Tage zählen, die sie noch miteinander verbringen konnten, und so hatte er einen Kalender für sie gekauft. Nun war es Ares, der die Tage zählte. Drei. Drei Tage waren es noch, bis er sie in die sicheren Mauern des Internats bringen konnte. Eigentlich war das keine lange Zeit. Ares seufzte. Er wusste, dass für ihn diese drei Tage die Hölle auf Erden werden würden.

^^V^^

Aus dem fahlen Abendlicht, von düsteren Staubschleiern umgeben, erhob sich eine große, edle Gestalt wie Phönix aus der Asche. Sie trug wallende dunkle Gewänder, ihre Haare waren lang und glatt. In der linke Hand hielt sie einen seltsamen, geheimnisvollen Stab. Auf den ersten Blick schien er keinen bestimmten Zweck zu erfüllen, doch der aus Ebenholz geschnitzte Leguan an der Spitze des Stabs ließ anderes erahnen.

Die Gestalt machte sich auf den Weg in die Dunkelheit, auf der Suche nach einem ihrer würdigen Domizil. Der Tod hatte bereits die Hand nach ihr ausgestreckt, doch so leicht entriss man einem Vampir sein ewiges Leben nicht. Nicht, ohne dass er versuchte, sich zu wehren. Er hatte sich gewehrt und den Kampf gewonnen. Woher der Tod gekommen war, konnte er nicht sagen: Er war es nicht gewesen, der diese Katastrophe ausgelöst hatte. Ob überhaupt jemand verschont geblieben war? Es schien ihm, als hätte die menschliche Rasse nichts von dem Sterben bemerkt, das ereignet hatte. Menschen waren davon ja auch nicht betroffen gewesen. Wer sorgte sich schon um mehr Staub auf den Straßen, mehr Sand an den Stränden und mehr Erde auf den Wiesen? Wer sorgte sich darum, dass die ewigen Wesen, die diese Welt immer unsichtbar regiert hatten, plötzlich dem Aussterben nahe waren? Er ging weiter, die Gedanken ebenso ruhig wie seine Schritte. Was hatte er nicht schon alles erlebt und überlebt. Als die Gründer starben, war er geblieben und hatte die Vampire wieder stark gemacht. Er ließ sie auferstehen, verwandelte Menschen zu Anhängern ihres Kreises, zu blutsaugenden, finsteren Individuen. Nun waren wieder tausende tot, und er musste seine mühevolle Arbeit von neuem beginnen. Sie waren perfekt gewesen, zumindest beinahe; er hatte sie sogar in Lektionen unterwiesen. Sie waren nicht länger unzivilisiert gewesen, er hatte sie zu einer dunklen, bösen Masse zivilisiert. Sie waren besser gewesen als jede Armee, ihre Blutgier unbegrenzt und all ihr Mitleid ausgelöscht. Er war stolz auf sie gewesen, seine neue Generation. Doch all das war nun vorbei: Dieses Projekt konnte er unmöglich wiederholen, es war einmalig gewesen. All diese ruhelosen Geister, die nicht wussten, worin der Sinn ihrer Existenz lag, waren seinem Ruf gefolgt, ohne nach dem Wenn und Aber zu fragen. Was würde er nun tun ohne seine Anhänger? Er hatte kein Problem damit, dass sie tot waren; seit langem hatte er aufgehört, den Tod zu hinterfragen und seine Zuneigung an etwas zu hängen, was vergänglich war. Es brachte nur zusätzliche Schmerzen, die in einem Vampir ohnehin schon andauernd bestanden. Vielleicht würde er eine neue Rasse von

Vampiren gründen, die den Menschen perfekt angepasst waren und das Tageslicht nicht zu scheuen brauchten. Vampire waren zweifellos zäh und ausdauernd, einige davon allerdings etwas verweichlicht. Die neue Zeit tat dem Gemüt der Vampire nicht gut, das spürte er. Alles war zu modern, zu wenig romantisch und leichtgläubig. Kaum ein Vampir betrachtete noch die dunkelgrünen Ranken des Efeus oder weinte über die bezaubernde Schönheit der Nacht. Alles zog an ihnen vorüber, sie hatten den Sinn für das Wichtige verloren. Sensible Vampire, die den Weg zurück zu ihren Wurzeln kannten, mussten geschaffen werden, aus der Menschheit auferstanden und zu Höherem berufen. Er warf einen Blick zum Mond, seinem stillen, stetigen Verbündeten. Doch wer sollte das Vorbild für solch einen naturverbundenen, zartfühlenden und ein wenig melancholischen Vampir sein? Er setzte seinen Weg fort, ging frohen Mutes durch seine Heimat. Wenn er sich erst einmal niedergelassen hatte, würde er sich voll und ganz der Suche nach seinem Idealbild eines neuen Vampirs widmen können. Es begann zu schneien, lautlos fielen zarte Schneesterne aus dem dunklen Nachthimmel. Ihn störte der Schnee nicht, ihm wurde nicht einmal kalt. Vor langer Zeit schon hatte er seine Gefühle abgelegt, weggesperrt und von sich geschoben. Er war immun gegen Kälte, Hitze, Trauer oder Freude, spürte weder Schmerz noch Hunger. Aus ihm war ein wandelnder Felsblock geworden, gefühlskalt und unverletzbar. Und das war gut so, denn aufgrund langer Erfahrung wusste er, dass, wo es keine Hoffnung gab, auch keine Angst existierte, und das war der beste Schutz, den man um sich herum errichten konnte. Die Dunkelheit umhüllte eine Stadt, die wohl gediehen am Hang eines Berges lag, auf dessen Spitze eine herrschaftliche Burg thronte. Er wusste, dass hier sein neuer Platz war, hier hatte eine Bürgermeisterin geherrscht, hatte in ihrer Stadt kleine Leckerbissen gezüchtet und ihre Gäste damit versorgt, ohne sich selbst dabei zu vergessen, wohlgemerkt. Doch irgendetwas Unerfreuliches hatte sich zugetragen, noch bevor es zur Katastrophe gekommen war. Die Stadt war in Angst und Schrecken versetzt worden, und der Plan der Bürgermeisterin funktionierte nicht mehr. Reisende, ja Fremde überhaupt mieden Rissa, selbst einige Stadtbewohner verließen das verfluchte Land, die Heimat aller Vampire. Die Bürgermeisterin hatte auf die Bewohner der Stadt zurückgreifen müssen, um ihren Hunger und den ihrer Gäste zu stillen, und das war natürlich nach einiger Zeit aufgefallen. Nachdem sie bei der Katastrophe ihr Leben verloren hatte, erwählten die Einwohner jemanden aus ihrem Kreis, der sich der Stadt annahm, und kümmerten sich nicht weiter um die verlassene Burg. Sie mieden sie sogar und waren überzeugt, dass sich böse Geister darin befanden, Geister, die man nicht beunruhigen durfte. Deshalb störte sie auch kein Mensch, der das alte Gemäuer aufsuchte. Die Stadtbewohner lebten ihr Leben und irgendwann vergaßen die Burg schließlich.

Nebel zogen auf, als er den Weg zur Burg hinaufwanderte. Er sah auf das Gebäude vor sich und tastete es mit prüfenden Blicken ab. Es handelte sich um einen soliden Bau, dem weder Zeit noch Wind und Wetter etwas hatten anhaben können. Ein Gebäude, geradezu prädestiniert für ihn. Ein kurzer Wink mit dem Stab veranlasste die Tore, sich knarrend zu öffnen, und er trat in die Halle ein. Es überraschte ihn, wie modern die Burg eingerichtet war, hatte sie doch von außen so alt und konservativ gewirkt. Das dicke Gemisch von Staub und Asche auf dem Boden zeugte davon, dass kein Bewohner der Burg überlebt hatte. Ihn störte das nicht im Geringsten: Je ruhiger, desto besser. Er brauchte keine Gesellschaft, sie verwirrte ihn nur und hielt ihn vom klaren Denken ab. Er watete durch den Dreck, der seltsam klebte und sein Gewand beschmutzte. Als Erstes wollte er die Überreste der Vampire loswerden, die hier herumlagen; seine Behausung sollte nicht beschmutzt sein. Er riss den Stab in die Höhe und wandte sein Gesicht dem Himmel zu. Einige gemurmelte und unverständliche Worte ließen einen Sturm aufkommen, der die Fenster aufstieß, Möbel herumwirbelte und den toten Staub aus allen Winkeln und Ecken der Burg blies; bis hin zum kleinsten Kämmerchen sollte sie sauber und frei von Asche sein. Er stand mitten in diesem Sog – seine Kleider und seine Haare wehten – und er fühlte sich wie bei seiner Geburt, glaubte vom Boden abzuheben und stand dennoch fest auf der Erde. Er hörte nicht auf, seine beschwörende Formel zu murmeln, und so war auch kein Ende abzusehen, wann sich der Sturm wieder beruhigen würde. Er würde seine Arbeit noch lange nicht beendet haben ...

^^V^^

Ares hatte sich verschlossen. Es gab keine liebevollen, harmonischen Gespräche mehr zwischen ihm und Carlie, keine Spaziergänge durch die Stadt, und auf die zarten, väterlichen Gutenachtküsse wurde auch kein Wert mehr gelegt. Er ließ Carlie beinahe die ganze Nacht in der Obhut der Kinderfrau und irrte, an der Grenze des Wahnsinns, hin und her gerissen zwischen Gier und Vernunft, in der Stadt herum. Ares hielt sich fern von seiner angenommenen Tochter und mied Gespräche mit ihr; sie nur anzusehen, war ein Martyrium für ihn. Er versuchte sich unter Kontrolle zu halten, merkte, wie er immer schwächer wurde und sein Instinkt zu siegen drohte: Carlies Stunden waren gezählt. Ihr entging seine plötzliche Veränderung natürlich nicht. Sie war verwirrt dadurch. Einerseits fühlte sie deutlich, was sie Ares inzwischen bedeutete, wie er sie umsorgte und schützen wollte. Andererseits bemerkte sie, dass er sich abgrenzte, ihr auswich und einen seltsam angespannten Eindruck machte.

«Was ist mit dir, Papa?»

«Nichts, geh ins Bett!»

«Aber ich bin doch gerade erst aufgestanden.» Ares sah sie irritiert an, wich aber ihrem Blick aus den großen blauen Augen gleich wieder aus.

«Dann geh spielen!» Er drehte sich um, wollte den Raum verlassen und so seine Qualen lindern, doch Carlie ließ es nicht zu.

«Ich möchte wieder einmal in die Stadt gehen! Uns bleiben nur noch zwei Nächte, dann muss ich fort!», erinnerte sie ihn unnötigerweise. Ares blieb stehen, ihre vorwurfsvolle Stimme klang noch in seinen Ohren. Er würde ihr nicht auskommen, das wusste er, aber die Frage war, ob sie ihm auskommen würde.

«Das weiß ich», sagte er leise, ohne sich zu ihr umzudrehen.

«Und es ist dir egal?» Der vorwurfsvolle Ton hatte sich nicht vermindert.

«Natürlich nicht!» Jetzt drehte sich Ares um. Er konnte sich so etwas nicht vorwerfen lassen, schon gar nicht von einem Menschen, der ihm sehr viel bedeutete, den er ... Ihr finsterer Blick traf ihn und er konnte ihm nicht standhalten. Traurig sah er zur Seite.

«Weshalb bist du dann so komisch? Du schiebst mich weg! Andauernd ist diese blöde Frau bei mir, die mich schlägt und überhaupt nicht lieb hat!» Carlie weinte, aber Ares konnte nicht erkennen, ob es aus Zorn oder Traurigkeit war, vielleicht von beidem ein bisschen. Er sah nur stumm auf sie, hoffend, dass sein Körper seinem Blick nicht folgen würde. «Hast du mich lieb?», schluchzte sie leise. Ares hielt die Luft an.

«Ja.» Es klang tonlos und unehrlich.

«Und wieso zeigst du es mir nicht mehr?»

Weshalb sahen Kinder die Wahrheit immer so klar, und als Erwachsener tat man sich so schwer dabei? Ares überlegte, was er ihr antworten sollte, aber statt etwas zu sagen, streckte er nur die rechte Hand nach ihr aus. Seine Geste ließ sie hoffen und so ging sie auf ihn zu; er war der Einzige, den sie noch hatte. Ihre Hände berührten sich. Ihre warm und lebendig, seine kalt wie aus dem Grab. Ihr kindliches Gesicht sah hoffnungsvoll zu ihm auf, als er sich auf den Boden setzte und sie auf seinen Schoß zog. Er drückte ihren kleinen Körper an sich, und sie lehnte ihren Lockenkopf gegen seine Brust.

«Es fällt mir schwer, es dir zu zeigen: Ich bin ...»

«... anders als du», vollendete sie seinen Satz. «Aber das ist nicht ganz wahr, Papa», berichtigte sie ihn. «Du lebst in der Dunkelheit und deine Haut ist kühl, aber sonst,» sie sah ihn mit klarem Blick an, «bist du genauso wie ich.» Das Flüstern ihrer Kinderstimme stimmte Ares traurig und wieder drückte er sie vorsichtig an sich, ihr klopfendes Herz an seinem toten. Er fühlte ihre kleinen Hände auf seinen Armen, die ebenfalls versuchten ihn festzuhalten, doch ihr fehlte noch ein wenig die Kraft dazu. Eine Zeit lang sagte keiner von ihnen etwas, sie fühlten nur den anderen und wurden sich bewusst, was er wirklich empfand. Ares wiegte Carlie tröstend hin und her, als das Schweigen brach.

«Papa, kannst du singen?» Er musste lachen.

«Nein, das kann ich nicht», gab er zu.

«Das macht nichts», meinte sie freundlich und kuschelte sich an ihn.

«Kann denn Domenico singen?»

«Nein, kann er ...» Ares machte eine Pause und überlegte. «Ehrlich gesagt, ich weiß es nicht», gestand er Carlie schließlich, die verzeihend lächelte.

«Man kann nicht immer alles wissen.» Ares sah sie an, sein Mund war nicht weit von ihrem Hals entfernt, doch in diesem Moment war sein Wille stark.

«Da hast du Recht, mein Liebling», sagte er mit sanfter Stimme. Er fühlte sich sicher, glaubte seine Gier besiegt zu haben, sie war schließlich seine Tochter. Irgendwo musste es doch auch eine Grenze geben, die nicht überschritten werden durfte. Zu diesem Zeitpunkt wusste er nicht, dass er sich irren sollte.

An diesem Abend gingen sie noch durch die Stadt und verbrachten etwas Zeit miteinander, was beiden gut tat. Carlie fragte nach Domenico, sie brauchte eine zweite Person, der sie ihre Liebe zuwenden konnte, so wie einem zweiten Elternteil, und Domenico schien ihr Ares am nächsten zu stehen, auch wenn sie nicht viel von ihm wusste. Ares erzählte ihr von seinem Gefährten, und Carlie fand immer mehr Gefallen an dem Gedanken, den ernsten, jungen Vampir wiederzutreffen.

«Wieso kommt er nicht zu uns zurück?» Eine Frage, die sie eindeutig beschäftigte.

«Ich hab es dir schon einmal erklärt, Carlie, er ist nicht wie jeder andere. Man kann ihn nicht festhalten, das weißt du doch bereits.» Carlie nickte, trotzdem blieb noch eine Frage offen.

«Hat er dich nicht mehr lieb?»

Ares stutze über diese Frage und wurde nachdenklich:

«Ich bin mir sicher, er hat mich nie lieb gehabt, er hat mich eher gehasst, aber das verstehst du nicht.» Er hatte Recht, Carlie verstand es nicht.

«Wieso war er dann bei dir?»

«Weil, weil ...» Ares suchte nach einer Erklärung, fand jedoch keine. «Ich weiß es nicht», sagte er schließlich brummig.

«Es gibt aber vieles, was du von Domenico nicht weißt», bemerkte Carlie, lächelte ihn aber nachsichtig an. Ares seufzte. «Ja, das ist ein Problem», murmelte er. Carlie verstand ihn trotzdem, sie sagte nur nichts mehr darauf. Als sie in die Wohnung zurückkehrten, und Ares Carlie ins Bett schickte, verlangte sie nach einem Gutenachtkuss. Ares gab ihr einen auf die Stirn, scheu und zurückhaltend, darauf bedacht, nichts Unüberlegtes zu tun, was seine Instinkte wecken könnte. Doch es war zu spät, sie waren längst hellwach und ließen Ares den ganzen Tag nicht schlafen. Unruhig wanderte er in seinem Zimmer auf und ab, während Carlie im Nebenzimmer wie ein Engel und nicht sahnend schlief. Immer wieder ertappte er sich dabei, wie er die Tür zu ihr öffnete und sich an sie heranschleichen wollte, doch jedes Mal kam er rechtzeitig wieder zu sich und konnte sich irgendwie ablenken. Es war der letzte Tag, an dem sie alleine waren, der letzte Tag, den sie in seiner Obhut verbringen durfte. Jetzt durfte sie ihm nicht zum Opfer fallen, jetzt nicht mehr. Er hatte sich geschworen, sie zu schützen, wie er Evita hätte schützen sollen, und ihr menschliches Leben zu überwachen wie ein guter Geist, der nie ein Auge von denen nahm, die ihm anvertraut waren. Er durfte es nicht zulassen, dass ihn seine Instinkte übermannten und ihm auch noch das Letzte nahmen, was ihm von Cara und Evita geblieben war. Die Zeit schien nicht vergehen zu wollen, und Ares fühlte sich schon wieder dem Abgrund des Wahnsinns nahe. Er wünschte, Domenico wäre hier, Domenico, der es immer wieder schaffte, ihn zur Vernunft zu rufen, und dem es möglich war, durch seine bloße Anwesenheit Ares zu kontrollieren. Aber er war nicht hier und Ares war alleine gelassen mit seiner zügellosen, verhassten Gier. Er griff zur Türklinke, zog die Hand wieder zurück, und schlug mit dem Kopf gegen die Wand, um sich auf andere Gedanken zu bringen. Zart hörte er Domenicos warme Stimme und drehte sich hoffnungsvoll um, doch es war niemand hier, er hatte sich getäuscht. Weshalb sollte sein Gefährte auch ausgerechnet hier sein? Ares schüttelte missbilligend den Kopf über sich selbst, seine Gedanken und sein Verhalten. Er fühlte sich gefangen,

gefangen in diesem Körper, der ihm Handlungen aufzwang, gegen die sich seine Seele sträubte. Sein Magen rebellierte, wollte nicht verstehen, warum er leer ausgehen sollte, obwohl sich im Zimmer nebenan eine herrliche Gelegenheit bot, das nagende Hungergefühl loszuwerden. Da Ares die Nacht über mit Carlie in der Stadt gewesen war, hatte er auch keine Möglichkeit gehabt, seinen Hunger anderswo zu stillen, was die Sache nur noch übler machte. Endlich sank die Sonne und verschwand ganz vom Horizont. Ares weckte Carlie rasch – wenn sie wach war, schien ihm die Gefahr kleiner zu sein, dass ihn seine Gier überrumpelte. Ob sie sich der gefährlichen Lage bewusst war, in der sie sich befand? Wohl kaum, denn sie plauderte von diesem und jenem, fragte Ares über das Internat aus, raunzte, weil sie nicht von ihm fort wollte, und bemerkte schließlich genauso vorwurfsvoll wie am letzten Abend, wie seltsam still Ares schon wieder war. Sie schlug vor, nochmals in die Stadt zu gehen, aber Ares lehnte ab: Sie würden noch genug herumfahren, wenn er sie am nächsten Morgen ins Internat brächte.

«Aber ich will da nicht hin, Papa», wehrte sie sich.

«Du weißt, dass du nicht bei mir bleiben kannst.» Ares versuchte ruhig zu bleiben, denn wenn er wütend war, wuchs die Gefahr, sie doch zu töten. Die Male an ihrem Hals, die von seiner einmaligen Schwäche zeugten, waren bereits gut verheilt und kaum noch zu sehen. Carlie waren sie gar nicht aufgefallen, sie hatte sich nicht darum gekümmert.

«Ja, aber muss ich denn ins Internat?» Sie suchte nach einem Ausweg.

«Ja!» Ares wollte sich auf keine Diskussion einlassen.

«Du hasst mich!», unterstellte sie ihm aus ihrer Ahnungslosigkeit und Unsicherheit heraus.

«Hör auf, so einen Schwachsinn zu reden!», fuhr er sie an, sodass sie erschrocken zusammenzuckte. «Du hast doch von nichts eine Ahnung! Also sei am besten still und halt brav den Mund, bis ich dich ins Internat bringe!» Sie sah ihn verschreckt an. «Auch wenn du es jetzt nicht verstehst, es ist das Beste für dich ... und das Sicherste», fügte er ruhiger hinzu und drehte sich von ihr weg. Sie befolgte seinen Rat und verhielt sich still, sie wollte ihn nicht noch weiter verärgern und spürte, dass er ernst meinte, was er sagte. Sie beobachtete Ares verstohlen, wie er durch die Räume schlich, unruhig herumsaß und mit aller Kraft versuchte, die Zeit totzuschlagen. Ihre Sachen für das Internat waren bereits gepackt, es gab nichts mehr zu tun.

«Du kommst mir so ungeduldig vor», stellte sie leise fest, da sie seine Art ebenfalls beunruhigte.

«Das sieht nur so aus», versuchte er sie zu beruhigen, aber sie kaufte es ihm nicht ab. Sie nahm seine gelogene Antwort ohne Kommentar zur Kenntnis und ließ sich eine neue Frage einfallen.

«Warum unternehmen wir nichts zusammen?»

Ares schüttelte den Kopf:

«Ich kann nicht.» Carlie wollte schon nach dem Grund dafür fragen, doch sie fürchtete einen weiteren Ausbruch, und das wollte sie vermeiden. Ares hatte so dringend Ablenkung nötig, dass er den Fernseher aufdrehte und emotionslos die Bilder anstarrte, die vor seinen Augen flimmerten. Das hatte er noch nie getan; Fernsehen hatte ihn bis jetzt nicht interessiert, er wusste nichts damit anzufangen. Jetzt saß er plötzlich vor dem Fernseher und sah sich stumpfsinnige TV-Shows und billige Seifenopern an. Carlie kam dieses Verhalten höchst seltsam vor, sie äußerte sich aber nicht dazu. Sie setzte sich still zu Ares auf die Couch, und als er ein Stück von ihr weg rückte, wurde sie traurig. Sie verstand nicht, weshalb er sie mied, obwohl sie sich Mühe gab, den Grund für sein Verhalten zu erkennen. Sie sprachen nicht mehr miteinander, schwiegen sich nur an, so lange, bis Ares aufstand und Carlie ernst ansah. «Gehen wir.» Er holte ihren Koffer, sie zog sich an und sie machten sich auf den Weg zum Internat. Auch im Taxi sprach keiner der beiden ein Wort, doch als sie vor dem Internatsgebäude ausstiegen und das Taxi davonfuhr, schien Ares wieder lockerer zu werden. Er nahm Carlies Hand, drückte sie sanft und lächelte ihr aufmunternd zu. Sie versuchte zurückzulächeln, aber es misslang, zu traurig war sie. Sie gingen hinein, und als es Zeit war, sich voneinander zu verabschieden, sah Ares mit sanftem Blick auf sein Töchterchen herab.

«Du wirst doch brav sein?», meinte er freundlich. Sie nickte artig. Er lächelte. «Das habe ich gewusst», antwortete er voller Vertrauen. Er seufzte und ging vor ihr in die Hocke. «Ich hab dich ganz lieb, das darfst du nie vergessen», flüsterte er ihr zu und umarmte sie so fest es möglich war, ohne ihr dabei wehzutun. Sie schlang ebenfalls ihre Arme um ihn und drückte ihn an sich. Sie mochte seine Kühle, das Mystische, das ihn umgab, und die Finsternis: Dies alles war ihr so vertraut geworden, und hier wurde sie es unglaublich vermissen. Ares fühlte ihre zarte Wange an seiner, und seine Gier kam zurück. Jetzt war die letzte Gelegenheit, dieses junge Blut mit all seiner Energie in sich aufzunehmen, er musste sie ergreifen. Langsam und willig öffnete sich sein Mund, der dicht an ihrem Hals war, bereit, sofort zuzubeißen.

«Sie sollten sich beiden den Abschied nicht so schwer machen», meinte die Internatsleiterin mit gütiger Stimme und ebensolchem Blick und Ares' Mund schloss sich reflexartig. Er drückte Carlie noch kurz, gab ihr einen Kuss auf die Wange, ließ sie los und stand abrupt auf.

«Ich hab dich auch lieb», versicherte ihm Carlie winkend. Ares drehte sich um und ging mit raschen Schritten davon. Er würde sie besuchen, ganz gewiss. Draußen winkte er ein Taxi herbei und fuhr zurück in die leere Wohnung. Er war müde von dem durchwachten Tag, und es war Zeit, dass er ins Bett kam. Seinen Hunger würde er später stillen.

^^V^^

Als Ares am nächsten Abend noch immer etwas müde erwachte, war sein erster Gedanke sofort, nach Carlie zu sehen, doch dann fiel ihm ernüchternd ein, dass sie nicht mehr hier war. Zu ihrem Glück, denn beinahe hätte sie die letzten Stunden mit ihm zusammen nicht überlebt. Er stand auf und schlüpfte in seinen Ledermantel, um sich für die Jagd in der Stadt zu rüsten. Nun war er wieder alleine, konnte tun und lassen, was er wollte, und war niemandem Rechenschaft darüber schuldig. Dieser seit langem nicht mehr erlebte Zustand fühlte sich seltsam und ungewöhnlich an, aber er würde sich wieder daran gewöhnen, da bestand kein Zweifel. Er schlenderte durch die verschiedenen Viertel der Stadt und fühlte sich sogar erleichtert, jetzt, wo er wusste, dass Carlie an einem sicheren Ort untergebracht war. Sicher vor ihm und all dem Gesindel, das sich sonst noch nächtens in der Stadt herumtrieb. Sie bekam nun eine hochwertige Ausbildung und genoss eine gute Erziehung. Er würde sie besuchen, soweit es seine Zeitplanung zuließ, und selbst wenn sie erwachsen war, würde er noch auf sie achten und Kontakt zu ihr pflegen. Irgendwann würde sie die Wahrheit über ihn erfahren müssen, aber das hatte noch lange Zeit. Ob sie es verstehen würde? Könnte sie die Geschichte, die ihr Ares erzählen würde, überhaupt glauben? Sie war klug und an dieser Gabe würde sich nichts ändern, also weshalb sollte es Probleme geben? Ares fühlte sich alleine, wusste, dass keine Frau für eine Nacht die Lücke schließen konnte, die der Verlust von Domenico und Carlie hinterlassen hatte. Domenico? Möglicherweise lebte er gar nicht mehr. Ares erschrak – daran hatte er noch gar nicht gedacht! Was, wenn Domenico die geheimnisvolle Katastrophe nicht überlebt hatte? Die Schwachen waren alle gestorben. Ob Domenicos zarter Körper den Auswirkungen standgehalten hatte? So stark sein Geist auch war, sein Körper schien so zerbrechlich zu sein. Was war wohl mit ihm geschehen? Wo konnte er sein? Und wenn er tot war, wo befanden sich dann seine Überreste? Würde sie Ares überhaupt finden können? Es war schon eine erschreckende und deprimierende Vorstellung, Domenico weit fort zu wissen, aber Gedanke, er könnte tot sein, raubte Ares jeden Mut. Er ließ sich in einem kleinen, romantischen Park unter einem Baum im Gras nieder, betrachtete das Treiben in der Stadt und den Mond, und versuchte, nicht mehr an Domenico zu denken. Er saß eine Weile so da, als ihn plötzlich ein leises Knacken hinter ihm im Gebüsch aufhorchen ließ. Ares wandte sich um, konnte aber nichts Ungewöhnliches entdecken. Plötzlich stürzte etwas vom Baum herab und landete unsanft, begleitet von Geäst und Blättern, neben ihm im Gras. Ares, völlig unvorbereitet und arglos, zuckte erschrocken zusammen. Er glaubte seinen Augen nicht zu trauen.

«Du?», fragte er nur verwundert. Domenico zupfte seine Sachen zurecht, fuhr sich durchs Haar und blieb anmutig im Gras sitzen. Geduldig entfernte er Gras und Moos von seinem Jackenärmel.

«Wie kommt es, dass du von einem Baum fällst?», fragte Ares seinen Gefährten überrascht.

«Ich habe einen Schlafplatz gesucht», antwortete Domenico, als wäre es das Normalste der Welt, «aber die Bäume in der Stadt sind alle krank. Ihr Blätterdach ist zu kahl, ihre Äste sind brüchig und halten nichts aus.» Bedauernd betrachtete er den Baum über sich, der zu schwach gewesen war, sein geringes Gewicht zu tragen. «Der Fortschritt tötet alles.» Seine dunkle Stimme hatte jenen bitteren Klang, den Ares so sehr vermisst hatte.

«Wie es aussieht, hast du überlebt», stellte Ares fest. «Ich dachte, du bist tot.» Domenico erwiderte nichts; seine Anwesenheit war Antwort genug. Gedankenverloren zündete er sich eine Zigarette an und begann tief zu inhalieren.

«Weshalb müssen wir uns immer durch Unfälle wieder treffen?», frage ihn Ares.

«Das Leben besteht aus Unfällen», antwortete Domenico ruhig. Wieder eine von seinen Aussagen, mit denen Ares wenig anfangen konnte. Was sollte er darauf sagen? Am besten gar nichts. «Wo ist Carlie?», wollte Domenico wissen. Ares konnte sich nicht erklären, weshalb Domenico ausgerechnet auf sie zu sprechen kam, wunderte sich aber auch nicht darüber. Er hatte es aufgegeben zu versuchen, hinter Domenicos Geheimnisse zu kommen, vorerst zumindest. Ares sah zu Boden. «Du hast sie fortgegeben», schloss Domenico – man konnte ihm noch immer nichts vormachen. Ares schwieg eisern, er wollte nicht darüber reden. Es war auch nicht nötig, denn Domenico wusste seit dem ersten Blick in die dunklen Augen seines Gefährten, was passiert war. «Sie war nicht sicher vor dir», sagte er leise.

Ares nickte: «Ich hätte sie fast getötet.»

«Du wirst ihr Vertrauen enttäuscht haben», schlussfolgerte Domenico.

«Nein, nicht ihres.» Domenico sah Ares verwirrt an, alles konnte er auch nicht wissen. «Du würdest es nicht verstehen.» Ares stand auf. Domenicos Blick folgte ihm gelassen.

«Ich bin nicht Carlie, du kannst versuchen, es mir zu erklären», ermunterte er Ares. Der sah auf Domenico herab, wie er ruhig im Gras saß, die Beine angewinkelt und die Unterarme auf den Knien abgestützt. «Was fürchtest du denn?», fragte er direkt und doch auf sanfte, einfühlsame Art. Ares lachte.

«Wer von uns war es denn, der mehr Furcht in sich trug?», fragte er provokant. Domenico erhob sich ganz langsam und anmutig und stand schließlich aufrecht vor Ares. Er war nur ein Stückchen kleiner als sein Schöpfer, wog aber bestimmt um ein Drittel weniger als Ares. Er sah Ares ernst an. Domenicos Haare glänzten im vertrauten, blauschwarzen Ton, seine Augen funkelten mit der Intensität hunderter geheimnisvoller Kristalle und die Luft um ihn war frisch und belebend. Seine Gestalt wirkte auf Ares, als sähe er sie zum ersten Mal. Obwohl er gedacht hatte, Domenicos Körper zu kennen – er hatte ihn oft eingehend betrachtet und mit Blicken studiert – war er durch seine Erscheinung regelrecht paralysiert.

«Jeder hat etwas, wovor er Angst hat. Keiner von uns hatte mehr oder weniger Angst als der andere», sagte Domenico ernst. «Aber irgendwas stimmt nicht mit dir, oder?»

«Was sollte das denn sein?», fragte Ares gereizt zurück. Ihn wühlte es auf, Carlie verloren und Domenico so plötzlich wiedergefunden zu haben. Er hatte vergessen, wie sehr es ihn beanspruchte, seine Zeit mit Domenico zu teilen: Es war nie einfach für ihn gewesen. Domenico kehrte Ares' innere Seite nach außen, und mit der wollte Ares nicht immer in Kontakt kommen. Er fühlte sich überfordert, obgleich Domenico ruhig und zurückhaltend war wie immer. Auch die unverblümte Direktheit, die er offensichtlich von Zeit zu Zeit nötig hatte, war eigentlich nichts Neues für Ares. Trotzdem kam er im Moment nicht damit zurecht. Domenicos Blick war noch intensiver und durchbohrend als vorher.

«Ich überfordere dich», stellte er fest und nickte leicht, «verzeih mir.» Domenico zog sich ins Dunkel zurück und war im nächsten Augenblick verschwunden.

«Halt! Warte!» Ares wollte ihn zurückhalten, doch es war schon zu spät: Sein Gefährte war fort. Ares ließ sich ins Gras fallen und sah zu den Sternen hoch. Würde Domenico erneut jahrelang verschwunden sein, oder würde er bald wiederkommen? Was Ares in all der Zeit begriffen hatte, die er mit Domenico verbracht hatte, war, dass man ihn nicht finden konnte, wenn er es nicht wollte. Er kam wie der Regen und verschwand ebenso schnell wieder, plötzlich und unberechenbar. Er blieb, solange er das Bedürfnis danach hatte oder glaubte zu müssen. Und wenn er kurz mit seinen Gedanken abdriftete, hatte der Körper sofort das Bedürfnis zu folgen, egal, wohin das war. Ares fragte sich, ob Domenico überhaupt Herr seiner Gedanken war. Oder ließ er sich gar nur von seinen Gefühlen leiten. Gefühle – Ares seufzte –, was war das überhaupt? Er kannte Hass, Verzweiflung, Wut und Gier zur Genüge. Doch was war mit den zarten Gefühlen, besaß er so etwas überhaupt? Carlie hatte einen kleinen Teil davon angesprochen, aber das konnte doch nicht alles gewesen sein, was in ihm steckte. Und wenn es doch so war? Wo waren all die besonderen Gefühle geblieben, die er für Cara empfunden hatte? Legte man die als Vampir einfach ab, weil sie nicht zweckmäßig waren? Das konnte nicht sein, denn Domenico besaß sie noch, dessen war sich Ares sicher. So sicher, wie er wusste, dass es in der Früh hell werden würde. Was hatte ihn eigentlich davon abgehalten, mit Domenico über Carlie zu sprechen; es hätte doch die Chance bestanden, von ihm verstanden zu werden. Ares hatte sich wie ein dummes Kind verhalten, das nicht fähig war in Worte zu fassen, was es fühlte und dachte. Er hatte sich wieder gefürchtet, aber wovor? Vor einer Konfrontation mit Domenico? Davor, ihn zu verletzen? Ares setzte sich auf. Was war das denn für ein Unsinn! Domenico war kein Kind mehr, er konnte Kritik gut vertragen. Und weshalb sollte sich Ares bei irgendetwas zurückhalten? Wer war Domenico denn schon? Ares stand auf. Er musste wieder anfangen zu leben, konnte nicht einfach sinnlos und selbstvergessen vor sich hin vegetieren! Ein Ortswechsel war angesagt.

Die Frage war nur: Wohin?

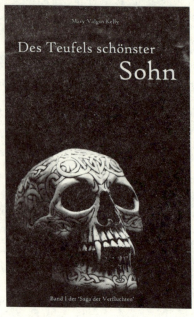

Des Teufels schönster Sohn
Band I der Saga der Verfluchten
Mary Valgus Kelly

bereits erhältlich

Taschenbuch
13,5 x 21 cm, 144 Seiten
ISBN 3-937536-65-5
12,90 €

Der Vampir Ares ist seines Daseins als Einzelgänger überdrüssig. Auf der Suche nach einem Gefährten trifft er eines Nachts auf den wunderschönen Knaben Domenico. Berauscht von dessen Anmut beißt Ares zu: Domenico soll fortan die Unsterlichkeit mit ihm teilen.
Doch von Anfang an liegen Schatten über dem ‚Duo infernal'. Domenicos melancholische, in sich gekehrte Art reibt sich am genussbetonten hedonistischen Wesen Ares'. Ruhelos und von Selbstzweifeln geplagt setzt er sich immer wieder ab. Es fällt ihm schwer, sich mit seinem Schicksal als Vampir abzufinden. Er fühlt, irgendetwas an ihm ist anders, und langsam kommt er seiner Bestimmung auf die Spur ...

«Gelungener Auftakt einer epischen Saga um Vampire und Menschen!»

Sterbendes Licht
Band III der Saga der Verfluchten
Mary Valgus Kelly

ab September 2006 erhältlich

Taschenbuch
13,5 x 21 cm, 150 Seiten
ISBN 3-937536-67-1
12,90 €

Den begnadet schönen Vampir Domenico zieht die Sehnsucht in seine Heimatstadt zurück, in welcher er sich völlig unerwartet unsterblich verliebt. Zum ersten Mal in seinem Leben glücklich, beginnt er sein Dasein auszukosten, währendessen sein Gefährte Ares immer verbitterter wird, seine Existenz als Untoter zu hinterfragen und zu hassen beginnt.
Doch Domenico ist sein kurzes Glück nicht gewährt, und so wird er sehr bald mit einer Tragödie konfrontiert die er weder selbst, noch mit Ares Unterstützung aufarbeiten kann. Obwohl dieser sich aufopfernd um ihn zu kümmern versucht, will Domenico diese Nähe nicht zulassen und distanziert sich immer extremer von seinem Schöpfer.
Bis schließlich durch eine ungeheuerliche Forderung die Loyalität der beiden Gefährten zueinander auf die Probe gestellt wird ...

Wege in die Dunkelheit
Jeanine Krock

bereits erhältlich

Taschenbuch
13,5 x 21 cm, 150 Seiten
ISBN 3-935798-07-5
12,95 €

Seit nahezu 200 Jahren vagabundiert die attraktive französische Vampirin Shamina männermordend durch Zeit und Raum. Zerrissen von den schmerzlichen Gefühlen für ihre verloren geglaubte Jugendliebe und der Loyalität zur ihrem vampirischen Schöpfer kehrt sie nach Jahrzehnten zurückgezogener Existenz in die Welt der Sterblichen zurück. 1982. Shamina erliegt schon bei ihren ersten Gehversuchen in dieser neuen Zeit dem Charme ihres Opfers; verwirrt verschont sie den attraktiven Nik. An seiner Seite taucht die Vampirin in die energiegeladene, faszinierende, junge Gothic-Szene ein, lässt sich betören von den Schwingungen nie gehörter düsterer Musik, begeistert sich für die aufsässig romantische Mode und trifft auf alte Bekannte aus einer anderen Zeit. Im Hintergrund lauert jedoch der Feind.

«Es ist wirklich ein packendes Buch, von Anfang bis Schluss [...] Ich finde, dass hat Jeanine Krock sehr gut rübergebracht, welche Kluft, aber auch welche Gleichheit zwischen diesen zwei Arten herrscht, denn auch Vampire beginnen ihr Dasein als Opfer»
Media-Mania.de, Sandra Seckler

Der Venuspakt
Jeanine Krock

ab März 2006 erhältlich

Taschenbuch
13,5 x 21 cm, 272 Seiten
ISBN 3-86608-044-1
12,95 €

Das Feenkind Nuriya will nichts mit der Magie ihrer Vorfahren zu tun haben. Die Tochter des Lichts verleugnet ihre Herkunft so sehr, dass sie selbst auf andere übernatürliche Wesen menschlich wirkt.
Doch als sie den Blick des Fremden spürt, ahnt sie sofort, dass diese Begegnung ihr Leben auf den Kopf stellen wird.
Kieran gilt als sehr gefährlich. Seine Welt ist die Dunkelheit. Seit Jahrhunderten arbeitet der Vampirkrieger als Auftragskiller und tötet jeden, der es wagt, die magische Ordnung zu stören. Doch ausgerechnet er ist es, der das magische Gleichgewicht aus der Bahnwirft und nun plötzlich zum Gejagten wird. Der einzige Grund, den Kampf aufzunehmen ist die widerspenstige Feentochter, denn sie hat längst sein Herz geraubt ...

Unsterblich
Leah B. Natan

bereits erhältlich

Taschenbuch
13,5 x 21 cm, 290 Seiten
ISBN 3-937536-75-2
14,95 €

Ashe ist eines der unsterblichen Geschöpfe, die hier ihre Geschichte erzählen. Zusammen mit Alex, Mia und dem jungen Zögling Stephen durchlebt er ebenso sinnliche, wie qualvolle Zeiten, erfährt Lust, Verlangen und Aufopferung. Er entführt mit seinen Schilderungen in eine fremdartige Welt, die gar nicht so weit entfernt von der menschlichen Ebene existiert und doch völlig fremdartig darin erscheint. Denn auf einer gewissen Ebene beherrschen uns noch immer die alten Instinkte. Die zweite Natur, das Tier ...

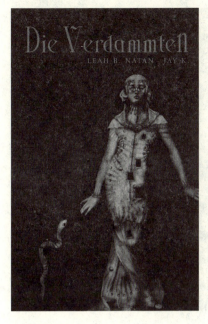

Die Verdammten
Leah B. Natan & Jay K.

ab September 2006 erhältlich

Taschenbuch
13,5 x 21 cm, 290 Seiten
ISBN 3-937536-63-9
14,95 €

Dies ist die Fortsetzung des Romans 'Unsterblich'. Sie beschreibt den weiteren Weg von Ashe und seinem Zögling Stephen durch die Wirren des einstigen Verlustes und das Erbe der Vergangenheit. Eine Geschichte ohne große Rückblicke, handelnd im Hier und Jetzt. Weg von den dekadenten Ausschweifungen vergangener Tage und Nächte, hin zum puren Überleben und Erleben abseits der Menschen und doch mitten unter ihnen. Gefangen in Leidenschaft und und der Jagd nach Leben.

Diese Fortsetzung wird treibender, noch ereignisreicher als der erste Roman sein. Er wird an die Grenzen von Moral und Vernunft stoßen, teilweise um sie spielerisch zu überwinden oder in ungeahnte Tiefen der Seele zu führen. Der Roman entstand diesmal unter der Feder zweier Autoren, die versuchen werden, ihre Sicht einer Welt näher zu bringen, die vielleicht phantasievoller erscheint, als sie tatsächlich ist.

Die Legenden des Abendsterns
Ascan von Bargen

ab März 2006 erhältlich

Taschenbuch
13,5 x 21 cm, 330 Seiten
ISBN 3-935798-95-7
13,90T €

Duncan erfährt an seinem 21. Geburtstag von dem mysteriösen Vermächtnis seines toten Vaters. Schnell begreift er die verstörende Wahrheit: Er soll zum Mörder werden! Es ist der einzige Weg die unaussprechliche Gefahr noch abzuwenden, die sein eigener Vater vor vielen Jahren aus den namenlosen Abgründen des Schreckens heraufbeschworen hat, ehe sich dieser schließlich selbst das Leben nahm. Doch Duncan kommt zu spät ...

Es wird ein blutiger Wettlauf gegen die Zeit: Duncan Clairebourne bleiben nur wenige Tage, um das Unsagbare zu verhindern, bevor die Sonnenfinsternis anbricht, von der in den kabbalistischen Schriften seines Vaters die Rede ist. Denn im Licht der schwarzen Sonne werden die abgründigen Mächte des Bösen auf dem Höhepunkt ihrer Macht sein – und genau zu dieser Stunde wird die Hurentochter Ronové ein blutrünstiges, diabolisches Ritual zelebrieren, um die jenseitigen Kerker zu sprengen und ihre beiden satanischen Schwestern zu neuem, mordlüsternem Leben zu erwecken!

Jenen, die glauben, das Leben
    Jenen, die zweifeln, Verhängnis!
Den Dienern das Leben.
    Jenen, die begehren, Wahnsinn!
Den Blinden das Leben.
    Den Sehenden, Verdammnis!